百花谭文丛

时间的滋味

严锋 著

天津出版传媒集团
百花文艺出版社

图书在版编目（CIP）数据

时间的滋味 / 严锋著. -- 天津：百花文艺出版社，2021.6(2021.9 重印）
（百花谭文丛）
ISBN 978-7-5306-8090-2

Ⅰ. ①时… Ⅱ. ①严… Ⅲ. ①散文集-中国-当代 Ⅳ. ①I267

中国版本图书馆 CIP 数据核字(2021)第 075717 号

时间的滋味
SHIJIAN DE ZIWEI
严锋 著

出 版 人：薛印胜
选题策划：徐福伟 邱钦雨 **责任编辑**：徐福伟
特约编辑：邱钦雨 **装帧设计**：郭亚红
出版发行：百花文艺出版社
地址：天津市和平区西康路 35 号 **邮编**：300051
电话传真：+86-22-23332651（发行部）
+86-22-23332656（总编室）
+86-22-23332478（邮购部）
网址：http://www.baihuawenyi.com
印刷：山东临沂新华印刷物流集团有限责任公司
开本：787×1092 毫米 1/32
字数：111 千字
印张：7.75
版次：2021 年 6 月第 1 版
印次：2021 年 9 月第 2 次印刷
定价：58.00 元

如有印装质量问题，请与山东临沂新华印刷物流集团有限责任公司联系调换
地址：山东省临沂市高新技术产业开发区新华路 1 号
电话：(0539)2925659 邮编：276017

目 录

一碗油豆腐粉丝汤

一九七一年的一天，我七岁。父亲带着我，走在上海金陵东路上。看到路边有一个卖油豆腐粉丝汤的个体摊贩，父亲眼睛一亮，就拉我坐下，津津有味地吃了起来。

这是一九七一年，个体摊贩是非常罕见的，出现在既残存往日纸醉金迷的记忆、又刚刚接受过“文化大革命”洗礼的金陵东路，更是不可思议。更惹眼的，是我父亲还穿着一身军装，浑身上下散发着豪迈的军人气质。就这样，军人、小孩、金陵东路、油豆腐粉丝汤小摊、“文化大革命”，各种机缘巧合，构成了那个年代一道可遇不可求的惊世奇观。

这是我第一次吃油豆腐粉丝汤，对一个在匮乏中成长的孩子来说，这碗油豆腐粉丝汤，鲜美爽口，有一种完全不同于平时家里吃的饭菜的风味，超凡拔俗，沁人心肺。

就在我们吃的过程中，身边聚拢了一些围观的人。我是一个比较早熟的孩子，对别人的眼光很早就比较敏感，当时就觉得这些看客的眼光中有很多不同的东西：惊讶、好奇、有趣、困惑、鄙视……我有点坐立不安，希望快点吃完走人，但父亲丝毫不受影响，就在这些目光中悠然地吃着他的油豆腐粉丝汤。

这时,围观人群中一位四十岁左右、长得细白精致、戴着眼镜的中年人开口问了父亲一个问题:“好吃吗? ”

他的腔调混合着好奇与调戏,我到今天也忘不了那一刻对这个精致中年人的厌恶。作为一个孩子的我,第一次感受到来自成人世界的满满的恶意。当然,这也可能是一个过于敏感的孩子的错觉。无论如何,我觉得受到了羞辱。

然后父亲微笑着回答说:“很好吃。”

我永远也忘不了父亲在回答这个意义暧昧的问题时的语气和神情:温和、自然、真诚。那眼镜中年对这回答似乎有点满意,又似乎有点失落。

我的羞愧和不安仿佛突然消失了。我们坦然地继续吃着油豆腐粉丝汤,在一个金陵东路的小摊,在一九七一年。

时间的滋味

《舌尖上的中国》热播时，国内掀起一股美食狂潮。人们在线上线下议论纷纷，口水涌动，馋虫勾之欲出。这是很自然的。中国人对吃，基本上已经上升到信仰的高度，甚至成为宗教的替代品了，堪称“吃教”。每个中国人家里都有一座神殿，里面供着一位神，名字叫“食神”。《舌尖上的中国》，可以说是用炫人眼目的高清图像和击中味蕾的故事，让大伙儿完成一次集体性的仪式想象。对此的任何抵抗都是徒劳的。

我当然也无法幸免，可以说是含着热泪一口气看完这七集堪称大片的系列纪录片。有意思的是，看完之后，我并没有产生要去觅食的肉体冲动，反而是陷入了沉思和回忆。这当然也可以理解为一种类似参加宗教活动之后宁静的澄明状态。

我脑子里浮现的是一些过去最难忘的美食体验，而且惊奇地发现这些令人狂喜的瞬间都来自二十世纪七十年代。

那是在一只吱吱呀呀的小船上，船在江南常熟的小河上摇过，摇橹的是姨妈，船上坐着七岁的我、三岁的弟弟、六岁的表弟，以及一头肥壮的猪。当时我的父母在“文化大革命”中遭殃，无力带孩子，把我们寄养在农村亲戚家。按当地的习俗，每年卖猪的时候，通常家里会带一个孩子去镇上吃一碗馄饨。姨妈可怜我们兄弟俩远离父母，总是把我们通通带上。那时候的猪，差不多要养一年才能去卖，所以一年只能吃一次馄饨。

那真是“金风玉露一相逢，便胜却人间无数”。我清楚记得，馄饨七分钱一碗，一碗十只。馄饨皮薄而有韧劲，包裹着一粒极小的肉馅，比火柴头大不了多少。但这是什么样的肉馅啊，一口咬下，一股极其醇正的肉香顿时沿鼻孔、味蕾、食管以及其他各种通道向全身弥漫。这是一种堪称涅槃的幸福感，绝对的超验体验，永生难忘，永不再来。哦，我还没有提到那汤是一口大锅里用筒子骨熬的，半透明的纯白色，上面撒着碧绿的米葱……

那时的小吃，哪怕是在农村小镇上，虽遭受“文化大革命”的影响，却依然残存传统的精致和讲究。今天，我走遍祖国乃至世界（比如说我曾经尝试过纽约唐人街的“老正兴”馄饨），寻寻觅觅，寻寻觅觅，但是那样一碗馄饨已然不可得。现在上海满大街都是“××馄饨”，这些连锁店从一开始就让我有创伤感：馅是各种故弄玄虚的奇怪搭配，店员当着顾客的面从冰箱里把馄饨取出来下锅,又煮得不太熟,有令人不适的肉腥气。汤是用五香粉之类的调料调制而成,冲鼻夸张,不正。这类馄饨连锁店的兴起,代表了中国传统馄饨的堕落。

而另一个使人难忘的场景发生在一九七五年。我又被寄养到南通城里的姑妈家。说真的,当时实在没有体验到城市生活比农村生活好在哪里。但是,每周六的晚餐是非常令人期待的,因为在南通罐头厂工作的姑父会带回来一样特殊的食品:凤尾鱼罐头。凤尾鱼是一种刀形的小鱼,每年洄游长江,肉质细嫩鲜美。但这不是关键。关键在于,罐头里的凤尾鱼是用油炸的,色泽金黄,饱浸油汁,咬在嘴中,喷溅如仙液爆浆。这不是幻觉,当时城市居民食用油定量凭票供应,每人每月二两,用来油炸是不可能的。经历过那个时代的人,都知道缺油是什么样的滋味,阿城的《棋王》里有过刻骨的描写。那缺的不是油,而是美食的精魂啊。

当时每周一次的凤尾鱼罐头大餐是何等幸福滋味啊,哪怕那凤尾鱼根本不是完整的一条条,而是一些碎片而已。但是事情其实没有那么简单,这些凤尾鱼碎片中,还混合了玻璃碎片。世上真是没有免费的晚餐,姑父之所以能以低廉的价格带回来这些美食,是因为那是玻璃瓶装罐头在高温消毒时爆裂后的废品。但即使是这些废品,也只有厂内的人能通过特权享受到。

不止一次，我的舌头被这些碎玻璃划得鲜血淋漓,我应该也不止一次把它们吞下肚去。但这些都无法阻止我对这些凤尾鱼的热爱和对油的渴望。我最喜欢把它们拌在饭里,让油汁把米粒浸得晶亮……

这些夹着碎玻璃的凤尾鱼,是姑父装在自己家的饭盒里带回来的。他也会带回来一些花花绿绿的漂亮纸带,那是贴在罐头上的包装纸,上面写着我看不懂的外文,还有我看得懂的中文:梅林。

姑父说,梅林是中国最有名的罐头品牌,原厂在上海,他们厂也承担一部分生产任务（那个时候也有代工生产?)。还要再过很多年,我才知道梅林始创于一九三〇年,当年在上海滩就是响当当的国货精品,远销泰国、美国、荷兰、瑞士等国。二十世纪五十年代,公私合营后,梅林成为我国对外贸易的重要品牌。改革开放以前,在上海这样的城市里,请客的时候开一罐依然散发着老上海洋气的梅林牌午餐肉,是对客人的极大尊重。

三十年以后,我在美国波士顿的 Super 88 超市中买到了梅林牌凤尾鱼。同样的金黄油亮,不同的是,Super 88 中的梅林牌凤尾鱼完好无损,体形健美,没有玻璃碎片。不同的是,再也没有三十年前那种让我欲仙欲死的滋味,普鲁斯特所描绘的小玛德兰点心式的时光再也没有出现。

是世界变了,还是我变了,还是我的记忆欺骗了我?也许相隔三十年的这两种罐头其实味道一模一样? 我只知道,我回不去从前了。我也不愿意回到从前。给我 Super 88 的乏味罐头吧,让我免于碎玻璃的恐惧吧。给我从冰箱里拿出来、又煮得不太熟,带着令人不适的肉腥气、汤是用刺鼻的五香粉之类的调味料调制而成的馄饨吧。至少我不用花一年的时光,去等待下一碗馄饨的到来。与此同时,我将保留对那个极度匮乏的苦难时代的所有美好记忆。

我的父亲辛丰年

辛丰年是怎么样的人呢？比较难回答。不过我们可以从辛丰年不是什么开始。辛丰年不是音乐家，不是音乐评论家（在中国，音乐评论家还没有出生呢），不是作家，不是评论家，不是学者，甚至也不能算是知识分子，因为他的学历是初中二年级辍学，在今天，无论去哪里应聘，都会比较麻烦。

让我们直奔本质吧：首先，辛丰年是一个老干部。这样说可能稍微有点煞风景，特别是在辛丰年的读者圈子里—— 一支以大学生、音乐爱好者和白领丽人组成的风雅队伍，这些人大概宁愿把辛丰年想象成头戴无檐帽、嘴叼粗大雪茄的文人骚客，就像徐迟那么英俊——对不起，让你们失望了。辛丰年是一个其貌不扬的瘦老头子，头发花白且不多，面目质朴而慈祥，常穿一件似中山装非中山装的廉价旧衣服，袖口微微有一些油渍，这是因为每天要做很多家务活的缘故。

“老干部”这个词早已风光不再，充其量给有怀旧癖的人几丝怜悯的回想而已。不过，也正因为冒充老干部已完全无利可图，我才敢大胆地承认这一事实。其次，辛丰年是一个老而不大的干部，几十年前国家开始实行行政级别制度的时候，被一劳永逸地定为十五级。官职嘛，好像最大也就做到副科长（因为是军职，所以比现在的副科级可能稍微高一点）。辛丰年大概是很不会做官，因为到他“文化大革命”被打倒为止，似乎从来就没有被提升过。但是，从所有他的老同事、老战友嘴里，我知道他是一个对工作极为勤勉认真的人，对马克思主义无比信仰，对革命事业无限热忱。是真的信仰和热忱。据我看来，这种信仰到今天也没有丝毫的改变。

辛丰年又是一个老军人。小时候我曾经对这一点充满了自豪，但是很快就幻灭了：辛丰年虽然一九四五年就参加了新四军，可是一个坏人也没有杀过，因为他先做文化教员，后来又到文工团，也不过是演演《李闯王》（好像是阿英写的吧）中的顾君恩这类的小角色，据说上场的时候还忘了摘手表。我后来甚至怀疑他是不是会打枪，但他说他曾经用机枪扫射过——当然是打靶。从前家里有一个小盒子，里面有一些渡江战役纪念章之类的东西，还有一个三等军功的奖状。不过，任何一个当兵的，差不多都会有类似的玩意儿吧。无论如何，辛丰年身上军人的痕迹还是很浓的，在六十岁以前，他走路都是大步流星，昂首挺胸——哪怕是去上厕所。另外,有时候说话间也会带出一些当兵人的粗口。家里三分之一的书是和军队有关的:从拿破仑到第二次世界大战到聂荣臻回忆录。我的弟弟和我从小就是看《红旗飘飘》《星火燎原》和《志愿军一日》这样的书长大的。

在"文化大革命"中,辛丰年本来是个逍遥派,因为看不惯军区一个人的飞扬跋扈,说了几句话,就被打成了"反革命"。本来也不至于此,但要命的是他的出身不好——非常不好,这个我在后面还要提到——于是他被开除党籍军籍,撤销一切职务,发配回他的老家监督劳动。那个地方叫江苏省南通县(现南通市)石港区五窑公社砖瓦厂,他的工作,一开始是用手工做小煤球,供厂里的工人取暖用。后来下车间,做轮窑制造砖瓦的第一道工序:用大铲子把煤屑铲到泥土搅拌器里。知道吗,光有泥土是烧不成砖瓦的。这是很累的力气活,结果是到现在胳膊上还留下了健美的疙瘩肉。后来,不知怎的就受了优待,让他做另一道工序:把已经到了传送带上的混合土中的草根之类的东西拣出来。

其实, 那样的生活并不见得比现在的生活坏到哪里去。那里的工人(其实也是农民)和干部对他还是不错的。

每天下了班,吃了晚饭(晚饭者,食堂里打来五分钱的青菜和饭混合起来,添一点自己熬的猪油和油渣,在家里用煤油炉加工而成的咸泡饭是也,极其美味。但总不是太够。八岁的儿子每次吃完了自己的一份还会舔舔嘴唇,看着父亲的那一份发呆。还要吗?于是,再从自己的那一份里挖出一些来),辛丰年就会牵着儿子的手,到田野里去散步。鸟儿在晚霞里歌唱,风吹着家家户户的竹林沙沙作响,辛丰年就会一边对儿子讲米丘林、高尔基、联共(布)党史、布琼尼的第一骑兵师,一边对迎面打招呼的农人含笑作答。

到了晚上,如果没有夜班的话,就会读鲁迅和《英语学习》之类的书刊。从福州带到乡下的书竟然也有两三百本。看书看得吃力了,就会拿出小提琴来拉上几段,最经常拉的是萨拉萨蒂的《流浪者之歌》和马斯南的《沉思曲》,后者是他最喜欢的音乐之一。经常还拿出歌本来唱歌。唱的是在石港区新华书店新买的《战地新歌》和从福州带来的一些战争年代革命歌曲集里的歌。最经常唱的是沈亚威的《刺枪歌》:

枪刺儿尖,枪刺儿长,枪刺儿挥舞闪亮光!

我一直认为这首歌的价值超过了近二十年来所有通俗歌曲的总和。

当琴声和歌声响起来的时候，窗子上就会映出大人和小孩一张张好奇的脸。这多少有点类似王安忆在《叔叔的故事》里面描写的一些情景。

厂里面有一个文艺组，辛丰年常带我到那里去玩。我的印象是，那个小屋子里的所有的乐器，辛丰年都会。拿起笛子，就吹笛子；拿起二胡，就拉二胡。不过，就像罗切斯特先生对简·爱小姐的评价那样，都是“只会一点儿”。他最拿手的大概是古琴，不过我从来没有听他弹过，那年头上哪儿去找古琴？

我当时对辛丰年最佩服的是，他每买回来一本新的歌集，就会拿着它很快的连词带谱从第一首歌唱到最后一首歌，不像我们在小学里，还要先学唱乐谱再学歌词最后合在一起唱。辛丰年告诉我，等我年纪再大一点，就教我那一绝招。我早已够大的了，到现在也还没教，不过，就像他一样，那种看谱唱歌的技能我也已经无师自通了。

我在九岁那一年（一九七三年），另一件极向往的事情，是想自己什么时候也能够阅读家里精装的两大厚本俄文版的苏联电影作品选集。里面像《夏伯阳》《彼得大帝》《革命摇篮维堡区》之类的，应有尽有。当这种渴望变得不能忍耐的时候，辛丰年就提出和我合作翻译，他口述，我记录。第一部翻译的就是《夏伯阳》。我至今还记得这部伟大的电影的所有细节，从一开始的洗澡到最后的月光曲，还有警卫员别佳教安娜如何拆卸马克沁重机枪的对话：

——这是枪栓。

——这是脸蛋。

……（大概是抽耳光之类，儿童不宜）

——这真的是脸蛋！

（俄语中“枪栓”和“脸蛋”可能是一个发音，安娜误以为别佳有意调戏她。）

按道理来说，林彪倒台了，他就应该被平反了，事实也是如此，但却滞后了好几年。也难怪，倒霉的人太多了，像他这样的小人物不排排队是不行的。一九七三年，两个军人来到了砖瓦厂，带来指示：辛丰年恢复党籍，就地复员安排工作。这只能算部分平反,还是拖了长长的尾巴,但恐怕已经要算他一生中最欢天喜地的日子了。草根不用拣了,草屋改成了砖屋,一下子工资狂涨到五十二元一个月,周末吃点肉是不成问题了。所谓“就地安排”,就是在五窑砖瓦厂做了分管后勤的主任,人称“严主任”,小小的公社砖瓦厂,主任不下十来个,但是工资最高的居然就是这位从最低级的工人提拔上来的“主任”。

到了一九七六年粉碎“四人帮”前夕,辛丰年终于被彻底平反了,复员改转业,完全恢复原来的待遇。军队是回不去了,像他这样的情况一般是在附近大一点的城市安排一个工作。但是,当组织上征询他的意见的时候,五十三岁的辛丰年提出退休。后来的事态发展表明,这可能是辛丰年一生犯下的最大的错误之一。因为在一九七六年,还完全没有“干休所”或是“老干部活动中心”这样的概念,如果你没有单位,就没有人来管你,也就没有人来考虑你的生活待遇、住房之类的问题。在进南通市的时候,地方上给了两间小房子,然后就再也没人来理他了。

正是年富力强,官复原职,把“四人帮”造成的损失夺回来的大好时机,为什么要退休不干?辛丰年大概想的也是要夺回损失，不过是另一种损失。退休手续一办完，他就拿起一根扁担，用补发的工资到新华书店里去把《马克思恩格斯全集》买了回来。《鲁迅全集》《资治通鉴》《艺苑掇英》《文物杂志》……要看的书实在是太多了，怎么来得及呢？只好连吃饭的时间都用来看书。

还有音乐。从前的几百张唱片早已用五分钱一斤的价钱处理掉了，但是朋友们告知了一个惊人的消息，韩国有一个短波台每天播放七八个钟头的古典音乐，正好可以考验刚买的海燕收音机。虽然还是心有余悸，毕竟天气已经放暖了，天时地利人和，年轻时的爱好大有一发而不可收再度喷薄而出的气势。不过，收听“敌台”仍然是一件吃力的事情，人必须小心地守候在收音机旁，每支曲子的开始和结束的时候，必须手脚飞快地把音量调到极小，以免屋子外面的人听到那朝鲜语的对乐曲的解说。

总之，链式反应开始发生了。韩国电台的古典音乐听了一遍还不过瘾，于是就去买了一台上海录音器材厂的六〇一型盘式录音机，一个在当年骇人听闻的奢侈品，居然要四百多元一台。有了录音机，当然磁带就开始堆积起来，为了整理杂乱无章录下来的节目，另一台六〇一也被请回家来。好在刚平反,好像钱怎么花也花不完似的。

再过两年,中国开始酝酿惊天动地的巨变,虽然当时人们大多还被蒙在鼓里,对喇叭裤青年手上拎着招摇过市的收录机所播送的新世纪的福音还没听出个名堂来,辛丰年的耳朵却准确无误地捕捉了这些四喇叭收录机传送的另外一些信息:它们的声音毫无疑问地使六〇一的音质变得不堪忍受。

我记得非常清楚,当那台夏普 AP9292 千里迢迢从转卖者那里来到我家的那一天,辛丰年失眠了。他半夜里爬起来把随机的试音带(一些火车的声音和“绿袖子”)听了一遍又一遍,完完全全被那机器上大大小小闪烁跳动的红灯和两尺宽的“立体声”给彻底迷住了。顺带说一下,辛丰年对各种机器有很浓的兴趣,这种兴趣也传到了我身上。

韩国电台和六〇一完全失宠了,后来那一台六〇一随着笨重的磁盘被我扛到了大学的寝室,成为室友们天天诅咒的对象,最后竟不知所终。

接下来就开始了每天大录特录上海调频广播台的时代。如果去上班的话,大概是完全没有这种可能的吧?世界上居然还有调频这样美好的音质,9292 居然能在当地相当不错地收到上海的调频节目,而上海调频台在那时居然推出了那么多优秀的古典音乐，这些都是令人难忘的记忆。

辛丰年是古典音乐原教旨主义派。对“流行音乐”从一开始就是抱着强烈的反对态度。但是也有罕见的例外的时候。最早的上海调频台试播的时候,杂七杂八的东西都混在一起放,名字也不讲,有一天不小心把一段他最讨厌的“外国轻音乐”录了进来。可是,这段当时还不知道名字的“外国轻音乐”却使他大加赞叹。后来不小心抹掉了,也是跺足叹息了好久,在后来的许多年中一直想再把那段音乐重新找到。后来才知道,那段音乐其实也是大有名气,就是电影《爱情故事》的主题曲。但是,奇怪的是,后来听了无数的版本,无数的改编,总是不能令人满意,而最初听到的那个,却怎么也找不到了。

夏普四喇叭收录机,成了辛丰年在二十世纪八十年代中主要的音响设备,而上海调频台则是主要的版本。原版磁带和立体声唱片太贵（当工资随着物价开始起飞的时候,他的退休金就逐渐跟不上形势了),CD 还是传说中的事物。大部分的时候,倾听都是一种等待,吃了上顿不知下顿。要到一九九四年,他才拥有了第一台 CD 唱机——还是 Walkman 牌的!因为过度的使用,那台收录机后来的模样惨不忍睹,几乎所有按钮都已歪歪斜斜,机壳由原来的银色变作漆黑——感谢辛丰年在家里伺候了多年的蜂窝煤球炉里飘出的煤灰。

为了改变这种被动的状态,辛丰年在一开始就有他的对策,化听为读,买不起唱片,还买不起乐谱吗,尤其是光华出版社的乐谱,读谱的乐趣是难以想象的。一张乐谱,可以演绎最新最美的音乐,至少是在自己的头脑当中。不过,光有乐谱,毕竟有所不足,如果自己能用乐器摆弄一番,岂不更妙。辛丰年刚刚平反回城,还没有自己的房子的时候,便已急不可待地去买了一架五组的脚踏风琴(比一般农村小学的风琴要稍好一些,后者是四组的)。到一九八六年,他终于花两千多块钱买来了他平生第一台钢琴(我相信他还会有一台的)。在六十三岁的年龄,一个人开始学钢琴,不是从车尔尼 599 开始,也不是从汤普森开始,而是一上来就弹舒伯特,弹肖邦。但是这又有什么关系呢?反正不会有人在一旁大声呵斥,也没有什么作业一定要完成,自己就是自己的老师,而且还有一套自己想出来的、相当不错的、完全排斥练习曲的教学理念和方法体系,想弹什么就弹什么,想弹到哪里就弹到哪里,想怎么弹就怎么弹,世界上又有多少人享受过如此这般的学钢琴的乐趣?技巧跟不上,速度达不到,难的地方弹不出来? 没关系,双手够不着的地方,可以用心,用想象去补充。只是苦了我们这些家里人。

在这时,钢琴狂热开始席卷全国,小朋友们的苦日子正在来的路上。有的家长听说当地有一个懂音乐的老伯伯,便把小孩带到辛丰年的家里让他指点。其实老伯伯也不过是小朋友们的老同学罢了,不过,小同学们来到的日子,是老伯伯非常快乐的日子,那种等待的心情,简直就是望穿秋水。听小朋友们弹克莱门蒂、库劳、小巴赫和莫扎特, 是老伯伯最大的赏心乐事。比听那个已经黑乎乎的 9292 有趣多了。

嗯,如果日子就这么过下去,似乎倒也不坏。家里的书在以惊人的速度增加,磁带在不断堆积,英雄牌钢琴的恶劣的声音在回荡,可是,除此以外,家道在无可置疑地中落。如果和周围的邻居比一比,反差实在太大。回顾辛丰年的一生,如果就到此为止,用一般的标准来看,可算是乏善可陈。如果和祖上的功勋比一比,简直就是一个失败者。辛丰年的父亲,当年也是一个耀武扬威的小军阀,据说曾经把孙传芳从死人堆里背出来,做过孙传芳的混成旅旅长、上海戒严司令和淞沪警备司令。后来下野了,就在上海淡水路法租界里做寓公。辛丰年和他哥哥小时候的家庭教师,有一位复旦大学教授王蘧常先生。按时下的话说,蘧常先生可能是当代中国最好的章草书法家。不过,这些在今天可能又重新变得光荣的历史,辛丰年是绝不会对我们说的,即使是在今天。对于祖先,辛丰年有一种根深蒂固的羞耻感和赎罪心,这种原罪的意识,从二十世纪四十年代接触革命思想,到"文化大革命"中的吃尽苦头,一直到发家致富光荣的改革开放的今天,他从来没有改变过。

正是这种对剥削阶级的痛恨,对苦难民众的深切同情,使辛丰年在二十世纪四十年代走上了革命的道路。我的祖母和姑妈都曾经同我说过辛丰年年轻的时候如何尽可能地不让佣人服侍他,自己动手。一九四五年四月,辛丰年从上海乘小船来到苏中解放区,参加了新四军。并把辛丰年原来的名字改了,以示脱胎换骨之意。

在辛丰年的信仰马克思主义和投军的背后,我感觉到的是一种对人间的绝对正义的追求，一种刻骨铭心的悲天悯人的情怀。辛丰年是一个无可救药的人道主义者。在后王朔时代，当“爱”这个字眼和“屁”成为同义词，沦为滑稽和笑料的道具的时候，我抱着一丝宽慰和感激的心情，发现现实中居然还有一个雨果小说里才可能出现的人物，而这个人就在我家里。

比如说，在砖瓦厂流放的时候，在一个月拿二十三元五角的“生活费”要养活三个人，自己的肚子也吃不饱的情况下，他会和当地公社养老院里的一位孤老建立很深的友谊，经常徒步好几里路去看望和接济他。

这类天方夜谭式的事情我真不愿意多说，因为事实上，那种大慈大悲的心肠，放到生活中，经常会使人感到尴尬。比如说，大家一起在看电影《啊，摇篮！》，看到里面十四岁的小保育员湘竹因为保护孩子们而中弹牺牲的镜头，辛丰年突然大哭起来。有一天早上，我还在床上睡觉，突然又听到了呜呜的哭声，偷偷一看，原来是他在看李辉写的《胡风集团冤案始末》，搞得我只好躲在被子里不敢爬起来。一九九二年，辛丰年拜访我的导师贾植芳先生，就住在贾植芳先生家里。一次吃饭的时候，贾先生谈起了贾师母为了他的冤案而被发配青海受难的一些往事，突然，辛丰年大流其泪，把大家弄得不知所措。

与这种不可遏制的对苦难和弱小者的同情相连的，则是仇恨，对人间一切丑恶现象的愤怒。有的时候，那种正义的观念会使他显得不近人情。他有两个老朋友，我们姑且称之为朋友A和朋友B。朋友B对朋友A做了无耻的欺骗和出卖的事情，此事与辛丰年完全无关，但是辛丰年知道了以后就和B彻底断交，从此不说一句话。而朋友A呢，因为是一个宽容的老好人，还是和B保持着面子上的来往，并对辛丰年的这种断然决然的态度不以为然。

啊，写着写着，我发现我已经开始远离音乐了。真的远离了吗？不见得。因为对于一个情感那样丰富的心灵来说，恐怕也只有音乐才能满足他的要求吧。辛丰年就是那样一个极端的好人，好到音乐的程度，好到“此曲只应天上有”的程度。

还是回到音乐吧。前面用“失败”来形容辛丰年的一生，看来是言之过早，好戏还在后头哪。二十世纪八十年代中叶，辛丰年的生平好友章品镇先生（章品镇先生就是当年指引他走向革命的那个人）推荐他为三联写一本关于音乐的小册子《乐迷闲话》，这本书在当年没有什么人注意，都以为那就是多如牛毛的音乐通俗读物中的一种，后来又成为大家搜求的宝贝。在这过程中，就结识了三联的宋远先生，后来就开始为《读书》写稿，开设了《门外读乐》专栏。这以后嘛，就是历史了。

慢慢地他的名气就大起来了。朋友在把我介绍给别人的时候，逐渐也就会加上一句“他的父亲就是辛丰年”，我从前从家里仰天大笑出门去的时候，想的都是一定要争口气，好歹也要让可怜的老头子将来也能被别人介绍成“他就是××的父亲”。做梦也没想到我也有子以父贵，揩老头子名气油的一天。真是又惊又喜又愧。不过，在家乡，在朋友的圈子中间，这么多年过去了，却依然很少有人知道辛丰年就是××，××就是辛丰年。他自己是不会说的。后来也有崇拜者从外地赶来拜访，却不得其门而入，跑到市文联去打听，满以为一定会有头绪，却没有人知道辛丰年就在本地。

而辛丰年自己呢，在很长的一段时间里一点都不知道自己早已行情大涨，拥有一批忠实的读者了。他不知道，知道了也不感兴趣，是真的不感兴趣。我呢，因为年纪还比较轻,修炼得还不到家,就不那么能免俗。有时候和陌生人交谈,冷不丁就会问他一句:你觉得辛丰年的文章怎么样?基本上都是很肯定的。有时甚至会听到非常过分的回答。有人说,辛丰年啊,文章比×××和×××好多了。令我魂飞魄散,但又忍不住偷乐。因为×××和×××正是辛丰年最敬仰的文章大家,也是我的偶像。我曾经把类似的话转告给辛丰年,引起他的勃然大怒,他认为那是一种不负责的轻浮的说法。

辛丰年的文章到底怎么样?虽然有人把他捧上了天,但我还是要保留我的看法。总的来说,他的文字精练而老辣,但是过于锤炼,文气太紧,信息量过于密集,总是梦想把大量的内容浓缩在最少的文字中,有峻急之嫌,犯了时文的大忌。其实这样很是吃力不讨好,要让读者始终保持高度的注意力,把读者搞得很紧张。所以辛丰年不能算是真正的大家。真正的大家总是知道怎样把一勺炼乳兑水稀释成一杯浓淡得宜的饮料,这样有张有弛,文气舒缓,为读者着想,于稿费亦大有益。而辛丰年呢,直截了当就把一杯炼乳端给大家。不过,这也正是我尊敬他的原因之一,因为他的文字体现了一个文字工作者的高度的职业道德,而我们如今在报刊上经常看到的，多半除了水还是水，如果不把它们叫作排泄物的话。

这也是迄今为止辛丰年的文章如此之少的原因吧。他写得太吃力。早上五点多钟就爬起来，以七十多岁的高龄，把炉子点燃，烧上一壶开水，然后拄着拐杖，拎着菜篮子到离家并不是很近的菜场去买小菜，回来的路上买好儿子儿媳妇和孙女的早点。其实这两年家境大有改善，孩子们的工作都不错，自己稿费也有一些，请个保姆应该是没问题的。但是他不愿意，基于那种根深蒂固的对剥削阶级压迫人的生活的永恒厌恶。回到家，听完 BBC 的早新闻（他讨厌美国之音，但是喜欢 BBC，特别喜欢 BBC 播音员的那种声音和语调），就开始伏案写作。他总是一遍一遍地修改，每改一遍就要自己重新认认真真地用圆珠笔重新誊写一遍。

不过，导致辛丰年写作不高产的原因最主要还不是繁重的家务和反复的修改，即使是扣除掉上面两大块时间，他还是有很多的剩余，那些时间他在干什么呢？看书，无止境地看书，吃饭的时候也捧着书看。从前他什么书都看，六十岁以后，基本上只看历史方面的书。也许将来他会写一本有关历史的书。辛丰年还有一个习惯,就是听音乐的时候绝对不能做其他的事情。听音乐就是听音乐。这样一来,时间就更少了。我基本上接受了辛丰年的这种对待音乐的态度。

在辛丰年牵着我的手去田野里散步讲鲁迅文章的年代,辛丰年是我最崇拜的偶像。后来,改革开放了,我去上了一所名牌大学,硕士、博士一路读下去,名公巨匠着实见识了不少,福柯、哈贝马斯也生吞活剥了不少,少年气盛,渐渐地就有些不把辛丰年看在眼里了。老头子过时啦,跟不上形势啦,太保守(太激进?)啦,等等。但是,现在我早已过了而立之年,逐渐对这个世界,对这个世界上的人有了更深入一点的看法,我好像又有要回到童年的意思,用哲学上的说法就是“回到辛丰年”。我冷眼看来,热眼望去,看来望去,左看右看,竟发现,在这个偌大的世界里,就做人而言,就对知识和真理的纯真热爱和无止境的追求而言,就对待名利的冷漠态度而言,还没有多少人能同我的辛丰年相比。发现这一点,我既觉得悲哀,又觉得宽慰,还感到骄傲。

好音

一

一九八〇年的时候,我在江苏南通的一所中学里念高中。有一天晨读的时候,我后面的同学敲敲我的背,说邱岳峰死了,是自杀的。

我心里一片茫然,但不甚悲痛,因为还没有做好准备接受这个可怕的传言。下课以后,几个要好的同学聚在一起,谈的全是这事。那年头,我们还没有惠妹、霆锋、辣妹、小甜甜那样的满天星斗。我们主要的消遣是电影,其实也就是译制片。我个人唯一的偶像是邱岳峰,我周围的同学也同我差不多,当时的全国人民,也大抵如此吧。回过头想想,那时报纸上既未登讣告,又没有互联网,一个小小的配音演员死了,消息怎么会一下子就传遍了全国?恐怕还是大家口头接力,就像我们那样一站站地传下去的。

至于自杀的原因,当时的小道消息说是他和一个年轻的女演员怎么怎么。我们那时还不会用“相恋”这样的词,也不熟悉阮玲玉的故事,只知道“搞腐化”“乱搞男女关系”那样的汉语习惯用法。十几年以后,我在《电影故事》上看到李元先生写的怀念邱岳峰的文章,里面提到邱岳峰的儿子邱必昌先生说起他父亲去世前周围确实有那样的流言，令我再一次为我们中国的传统信息传递方式的网络化效率震惊。我从小在一个清教徒的思想环境中长大，有着绝对道德化的倾向，对那样的事长期以来可以说是深恶而痛绝。可是，我记得当时自己对自己说，邱岳峰那样的人，即便是真的搞了腐化，我也会原谅他。其实连原谅都说不上，让他搞腐化好了，人民不会在乎，他有资格搞腐化，搞多少都无所谓。

看来最严厉的道德观也会在最深切爱戴的偶像那里瓦解。说是偶像，还不如说是“偶声”，连长得什么样子都不知道。可是只要电影院的灯暗下去，那个鸭子一样沙沙的、扁扁的、暗暗的、没有光泽的声音响起来，浑身便会如中魔法，一片酥麻。

最早记得的邱岳峰的声音来自大名鼎鼎的《追捕》，应该是一九七八年上半年吧。今天的人很难想象这部片子给我们的冲击。我周围的人有不少连着看了五六遍的。我就是在第一次看《追捕》的时候发现自己眼睛已经近视了。回家以后，翻箱倒柜找出父亲老早的近视镜，看看度数太深，又把奶奶的老花镜叠上去，无师自通地拼合成一套危险的

“组合镜”,返身又进了影院。影片一开始是日本新宿闹市区的夜景,那些摩天大楼的俯拍镜头一出现,影院里就一片“哦”“啊”的艳羡之声。等到高仓健抱着中野良子接吻的时候,银幕外更是各种怪声连连。我现在有点怀疑当年放《追捕》是上头深谋远虑宏大构思的一部分,要说《追捕》给改革开放提供了广泛的群众心理基础和思想动力,我看不算太离谱。一九七八年看《追捕》,一九七九年搞特区,过渡很自然嘛。时过境迁,新宿的高楼同陆家嘴比起来已经显得又矮又寒酸了,但是我们对邱岳峰配音的坏医生堂塔的著名台词的记忆却一点也没有变:“杜丘，你看多么蓝的天。一直朝前走,不要往两边看。走过去,你就会融化在那蓝天里。”

印象里邱岳峰配的堂塔之类的坏蛋最多,像《巴黎圣母院》中的克罗德神父、《悲惨世界》中的德纳第大爷、《恶梦》中的典狱长。没有人能像他那样用喑哑磁性的声音来勾勒邪恶。我发现,他给恶人配音时用一种独有的呼吸方式,使一些细小的气流混合在他的语音中,产生一种类似毒蛇吐信的咝咝声,令人不寒而栗。可他又总能把邪恶用从容优雅的方式道来,把恶提升为一种令我们心醉神迷的美。我们是多么喜欢他配的这些坏蛋啊。

他配的好人也不少,像《白夜》中的幻想者,《警察与小偷》中的小偷,《大独裁者》中的理发师。有一点卑微,有一点羞怯,有一点温柔,这样的男人,就是铁石心肠的女人也会动心吧。也有罗切斯特这样饱经风霜的强悍而傲气的孤独者,他对简·爱的冷嘲热讽(“你可真是只会……‘一点儿’呀。”),我们实在是爱听,恐怕简·爱本人也爱听。

我曾经一遍又一遍地听《简·爱》的结尾邱岳峰和李梓的对白,我相信这差不多快接近人类声音的魅力的极限了。

“有人吗?谁在那儿?”很简单,真的很简单啊。

“是你,简。”一个短促的气口,一个小小的停顿,一次语调的微微的提升,无不近乎完美。

“真的是你。”平淡和克制中有多少的真情!

一九八一年的时候,我有幸在当时中央电视台的“星期日英语”节目中看过完整的原版《简·爱》,是演过巴顿将军的乔治·C.斯科特主演的。乍一听,邱岳峰同斯科特的声音几乎一模一样。可多听听就能听出差别了。斯科特的声音干、粗、硬、直,比邱岳峰少了许多的韵味和内涵。谁知道呢,也许那些微妙的味道全是邱岳峰替罗切斯特凭空添上去的。这些年来,原版外文片看得不少,喜欢的外国演员的声音也不少,像汤姆·汉克斯、马克·汉密尔、罗宾·威廉斯,可总觉得没有一个人比得上邱岳峰。邱岳峰的声音比他们更丰富,更成熟,更有魅力,更像外国人。看《肖申克的救赎》,我就想典狱长应该让他配音;看《沉默的羔羊》,我就想汉尼拔应该让他配音。那样的话,不晓得会为电影增色多少呢。

在很长一段时间里,我不相信邱岳峰已经死了。其实我那时候已经不小了。听说他的死讯后不久,去看国产科幻片《珊瑚岛上的死光》,在里面突然听到邱岳峰的声音。那是个邪恶的跨国公司的董事长,一个极其拙劣的角色,配得也很粗糙。可是我就像听到了仙乐。我当时还不知道,这个角色不仅仅是邱岳峰配的,根本就是他本人演的。邱岳峰的母亲是白俄罗斯人,这也是选择他演外国人的原因吧。后来,我终于买到了这部粗陋得可怕的“科幻片”的VCD,我凝视着那个反面的角色,透过漫画式夸张的化妆和机械模仿外国人的形体动作,我模模糊糊地看到了一个清秀的老人,带着他的忧郁,带着他的善良。是的,这一切都和我多年来的想象一模一样。看了李元先生的文章,我才知道邱岳峰一家七口人从一九五三年到一九八〇年邱岳峰去世，一直住在南昌路一间只有十七平方米的房间里，至死未获平反。

月复一月，连《珊瑚岛上的死光》这样的电影也看不到了，我的心渐渐沉下去。我已经快要相信他真的已经死了。可是有一天在看一部罗马尼亚片《冲出包围圈》的时候，又听到了他的声音，令我再度燃起希望。我就像一个落水的人，要绝望地抓住每一根救命的稻草。这是我看到的他的最后一部译制片。

后来终于在杂志上看到“已故配音演员邱岳峰”这样的说法，从那时起我就不大看译制片了。我偏执地认为，没有邱岳峰的译制片，再好也只能算二流。这种偏执也算是一种纪念吧。我还开始拼命地模仿他的声音，一直练到能拿自己录的磁带去哄骗朋友的程度。我那时还不知道从变态心理学的角度来看这有多危险，离“人格谵妄”那条路只有一步之遥。从宗教的角度也可以说得通，那是一种朝向永生的努力。我最常学他的是《王子复仇记》中老大臣波洛纽斯对自己儿子莱阿提斯说的一番世故圆滑的忠告：

不要想到就说，也不要随便想到什么就做。待人要和气，但是不要轻佻。凡是交情经过考验的朋友们，就该把他们紧紧地拉在身边，可是不要对每个半生不熟的相识过分地去周旋。当心跟别人吵架，不过吵了就要让对手下次不敢碰你。要多听别人说，自己少说。有钱可以办贵重的衣服，可是不要奇装异服。富而不俗，因为衣着可以看出人品。不向人借钱，也不借给人钱，借出去往往是人财两失，借进来会叫你忘了勤俭。首要的是，对待自己要忠实，犹如先有白昼才有黑夜，要这样才能对人也忠实。再见，祝你实现这番话。

我常用这段话来提醒自己，告诫朋友。

二

《王子复仇记》不是邱岳峰的杰作，那是一九五八年译的，那时他还不够成熟，演的也是小角色。《王子复仇记》是孙道临的杰作。孙道临在这部电影的配音中所达到的成就，可以说是前无古人，后无来者，连他自己也没有能超越。孙道临配的哈姆雷特立刻就成了演艺界训练口音的标准教材，进而对全国人民从此以后的说话腔调产生了潜在的影响。这种影响到底有多大，只消听听宋世雄、孙正平、韩乔生这些体育评论员的口音就知道了。

孙道临不是上海电影译制厂的演员，只是临时借调来用一下，大概是上译厂觉得像《王子复仇记》那样的大片，他们自己有些吃不住劲了。好些著名演员都给译制片配过音，像张瑞芳配过《白痴》中的娜塔莎，舒绣文配过《安娜·卡列尼娜》中的安娜。

唱歌的技巧，有所谓头腔共鸣和胸腔共鸣。我想配音如果也有这样的划分的话，孙道临应该算是头腔共鸣派。他的发音位置高，音调高，当他的气息催发到极致的时候，有一种坚硬的金石之质，铮锹激越，荡人心魄。孙道临配的哈姆雷特，潇洒、俊逸、高贵而绝无媚俗气。在此基调上，各种情绪起伏上下，流转跌宕，令人耳不暇闻。从一出场的疑惑忧伤，到鬼魂告白后的悲悯激愤，装疯卖傻时的冷嘲热讽，海滨独白的浩瀚思虑，他都能拿捏火候，妙到毫巅，表现出惊人的节奏和情绪控制能力，其专业技巧和素养当世无人能及。

拿那段古往今来最有名的独白来说吧。开首是“活着，还是不活”的轻起，带一点怅然和迷惘。“去忍受那狂暴的命运那无情的摧残，还是挺身去反抗那无边的烦恼，把它扫一个干净”，在“干净”前有一个附点音符式的停顿，恰如思虑的节奏。“去死，去睡，就结束了”，速度渐慢，有一点恐惧，有一点向往……突然声音抬高：“也许会做梦”，恍如自己被惊醒，然后又放低语气：“唉，这就麻烦了”，马上又用第三者的声音冷静地旁白：“就这点儿顾虑使人受着终身的折磨……使那决心的本色蒙上了一层惨白的思虑的容颜”。万千思绪，起伏摇摆，正是哈姆雷特的绝妙写照。

孙道临的配音有一种强烈的音乐性。像哈姆雷特和母亲葛特鲁德的对话，从“别老拧你的手，快坐下来，让我拧拧你的心”开始，到“如果半老女人还要思春，那少女何必讲贞操呢”的一大段，有一个缓慢的渐强（crescendo）和渐快（accelerando）。到“一个要无赖——的国王”，气势达于顶峰。孙道临的嗓子有惊人的爆发力，可他能放能收，挥洒自如，听他的配音，每每就像看一名伟大的足球运动员从自己的后场带球突破，一路过关斩将，一直把球踢进对方的大门，用今天孩子们的话来说，那就是——“酷毙了”。

电影《王子复仇记》是以卞之琳的翻译为底本的，也许就是因为这个原因吧，到今天《哈姆雷特》我就不愿意看其他任何人的译本了。

孙道临和邱岳峰在配音上哪个更伟大？这是个令人痛苦的问题，就像问巴赫和贝多芬哪个更伟大一样。邱岳峰的技巧肯定不如孙道临，可是邱岳峰的很多魅力恰恰来自技巧之外。说孙道临的技巧有高度的专业性，又绝不是说他是唯技术派，恰恰相反，孙道临有无比强大的激情。

毕克也是我极喜欢的一代配音大师，功力深不可测。他也是从《追捕》开始为我们这一代所熟知。据说当年高仓健听了他配的杜丘以后，指明以后他的每一部电影的中国配音必须由毕克担当。毕克的低音沉郁浑厚，下潜极深，去唱男低音一定是把好手。正因为此，他特别适合那种沉稳果毅的“硬汉”形象——如果阿嘉莎·克里斯蒂笔下的大胖侦探赫克尔·波洛也算“硬汉”的话。

我一直以为波洛，而非高仓健饰演的角色杜丘，是毕克配音生涯的最高峰。毕克把波洛的迟缓、慵懒、自负、傲慢、精明的性格气质发挥得淋漓尽致。一句“我，赫克尔·波洛……”便是名副其实的高手派头，不是寻常人能达到的境界。片末波洛向大家剖析案情,长篇大论,高屋建瓴,气势如虹,堪称绝响。其间又讹诈赛蒙和杰基去做所谓的“印模试验”,一句“只是有点热乎乎的”,说得极有味道,于紧张、恐怖和凄惨的气氛中加一丝幽默,犹如音乐中的临时变调。

如果波洛是毕克配音的巅峰,《尼罗河上的惨案》又何尝不是译制片配音的巅峰呢?从来没有任何一部译制片有过这么豪华的阵容:邱岳峰的雷兹上校,乔榛的赛蒙,李梓的林内特,刘广宁的杰基,丁建华的女仆,童自荣的马克思主义者,赵慎之的富孀,苏秀的黄色小说作家……每一个名字在我们这代人听来都是如雷贯耳,在今天新的译制片中出现任何一个都会成为闪亮的卖点。现在呢,他们之中的大多数,都已经像《尼罗河上的惨案》里波洛的一句名言那样,“不见了,没有了,失踪了”。

三

前面说的都是男人。女人呢?我们当然熟悉李梓、刘广宁、丁建华……我们熟悉她们花儿般的声音,那些声音往往比银幕上的形象还要美好。有一位喜欢配音的年轻朋友告诉我，她打小从收音机里听《叶塞尼娅》，特别喜欢刘广宁配的路易莎，可是那时候《叶塞尼娅》已经不能在电影院里放了，只能从刘广宁的声音想象她的姣美的容颜。后来终于从 VCD 里看到路易莎了，结果却非常失望，没想到她不算怎么好看。这样说来，像我这一代还算是幸运的了，我们从来没有对路易莎失望过，因为我们从一开始就声像合一，早就把刘广宁的美赋予了她。

在所有的女性配音演员中，我最喜欢向隽殊的声音。她是长春电影制片厂(简称长影)的配音演员。长影的译制片大多风格自然，配音接近生活，毫不做作，深受老一代观众的喜爱，我这一代就觉得味道不如上译厂浓了。坦率地说，长影的配音演员我也就只知道向隽殊一个人的名字。不过有这么一个就足够了。向隽殊最为人熟知的也许是她配的《蝴蝶梦》中的德温特太太，那融温柔、娇媚、端庄、善良于一体的语音，不知道迷倒了多少人。

对我来说，向隽殊代表了个人成长史上的一个重大的记忆，那就是朝鲜故事片《无名英雄》。很难描述我对这部电影的迷恋，但我知道像我这样喜欢它的绝不止一人。我把各集的名称抄一下，明白我意思的人可以重温一下各自的记忆：

1.在敌后；2.从敌后到敌后；3.单独在敌后；4.在旧城墙下；5.金刚石；6.半夜里发生的狙击事件；7.寂静中的战斗；8.危险的较量；9.云雾作战；10.危机；11.星期日发生的事情；12.微笑中的阴影；13.板门店；14.死亡之岛；15.漆黑的夜晚；16.战斗在继续；17.引诱；18.宿命；19.艳红的晚霞；20.我们没有忘记。

《无名英雄》一九八一年在中央电视台播放时，人们大多以为它是二十集电视连续剧。其实这是一部货真价实的电影。可能是世界上最长的电影吧。它汇集了当时朝鲜最顶尖的艺术家。和这部旷世杰作差不多同期，我们有一部《敌营十八年》，同人家比那简直就不能叫玩意儿。我个人认为，一九四九年以后我国的所有惊险片，没有一部比得上《无名英雄》。

影片讲述一九五二年年末朝鲜战争的最关键时刻，朝鲜人民军情报总部把他们的王牌侦察员，《伦敦新闻》记者俞林派到首尔。俞林在这里碰到了他在剑桥的同学，韩国陆军新闻处处长朴茂；碰到了青年时代的恋人，现美军谍报处中尉顺姬；结识了韩国极“右”军人头目申载旋。俞林以他的特殊身份周旋于首尔的各大权力集团之间，同美军谍报头目克劳斯进行了殊死较量，不仅获取了各种重要情报，而且最终以他个人的方式推进了整个和平进程。

我从童年时代就喜欢朝鲜惊险故事片，像《看不见的战线》《原形毕露》《难忘的人》。我喜欢那些离奇的想象，曲折的故事，那些千钧一发的场面。那里面的敌人绝不像我们的电影中那样全是笨蛋胆小鬼。《无名英雄》可以说是把这些优点通通发挥到极致。敌方的阵营中高手如云，双方斗智斗勇，心机智力水准不分高下。敌人甚至也不怕死，同好人比起来，弱点仅仅在于他们更看重自己的前途、名位和自己集团的利益。而胜败往往就取决于这一点点微小的差别。

还有爱情，无比美好而又悲剧性的爱情。俞林获得了极其重要的 T 型高地战役计划，急需向总部转交，而他的联络员刚刚牺牲了。总部只得启用最隐秘的情报员“金刚石”，指示俞林去“圣母”咖啡馆，把情报交给“金刚石”，接头标志是钻石戒指。俞林在咖啡馆见到了那位戴钻石戒指的“金刚石”，那是……顺姬。在贝多芬的第五交响曲《命运》的音乐声中，我们听到了这样的接头暗号：

俞林:“请问,这是今天的报纸吗?”

顺姬:“今天的报纸都卖光了,这是十七日的。你那张报纸是……”

俞林:“是十五日的。”

顺姬的语气是那样的温柔、克制、宁静。这里只有贝多芬的音乐在泄露那汹涌的激情和险恶的环境。我从来没有像在这一瞬间这样被第五交响曲所感动。这部乐曲是整个《无名英雄》悲剧性的主导动机。后来俞林也是从平壤电台播送的《命运》得知顺姬被捕的消息。最后顺姬为保护俞林而死。很少有像她那样感人的形象:智慧、勇气、自我牺牲、超凡的气质,还有惊人的美丽。向隽殊的配音绝妙地表现了顺姬那种内敛的气质和蕴藉含蓄的情感,那种在好莱坞永远也看不到的东方女性的柔美,那种最困难的情境下的人性的光彩。

在东京竟然可以买到《无名英雄》!一套相当于人民币四千元。可是在中国铺天盖地的好莱坞片子之间却怎么也看不到它的身影。现在的小朋友中有“哈日族”和“哈韩族”,那么我就是“哈朝族”。我在网上看到过一些国内人写的朝鲜游记。里面大多渲染朝鲜的贫穷落后，拿来和我们“文化大革命”时的情况比，大有那种“瞧你们，嘿，我们可是富起来了”的语气。看完这样的文章，我总是非常难受。也许里面讲的是实情，可是我们真的有资格居高临下地看人家吗？我知道，真心喜欢《无名英雄》的人，永远不会那样做。

四

什么时候译制片开始离我们远去？什么时候老牌配音演员一个个地凋零？毫无疑问中国的电影配音事业正在加速走下坡路。这可以视为热力学第二定律在文化领域的有效例证。而最有反讽意味的是，有许多最精彩的译制片恰恰是在文化最荒瘠的极“左”路线时期完成的，比如说《魂断蓝桥》《音乐之声》《简·爱》。像邱岳峰这样的我们最优秀的配音演员，用最严肃的艺术态度，配了大量的名片，给世界上极少数的人看。这些片子在“文化大革命”后有一小部分终于流出来了，可是大部分呢？发霉了？虫蛀了？版权失效了？

一方面是配音演员一代不如一代，连硕果仅存的老演员的质量也今不如昔。一方面是观众对配音越来越不在乎:管它呢,看懂了不就行了吗？别管对话质量,先问问电影院音响效果如何。我问年轻朋友们知道不知道邱岳峰,他们会说:咦,你也认识他?那是我们同班同学呀!可是,一谈起什么 AC-3、杜比数码 5.1、三比一压缩、无损还原,他们个个头头是道:《拯救大兵瑞恩》吗?嘿,那奥马哈海滩上子弹射进水里的声音简直没治了!

从配音到字幕,从重语音到重音效,这是我们这个世界的发展方向吗？也许在全球化的未来,大家连翻译都不要了,那译制厂还不该关门？也许有一天电影会发展到一句对话也没有,全靠乒哩乓啷的音响效果,让大家爽到认不得回家的路。也许有一天我们发现电影只剩下动作片这一种类型,大家一见面就开打,或上床,懒得多说废话。

对过去的那些坚实的、饱满的、精雕细刻的金石之音,我们中的许多人都曾经有过一些堪称刻骨铭心的记忆,而那些记忆正在慢慢地,无可奈何地被现实锈蚀。我们哀叹过文字的凋零,我们在哀叹语音的凋零。可我还是想守着我那些记忆中的美好的声音,做一个过气的语音中心主义者。

伟大的杂志

一

多年以来，我对北外的《英语学习》杂志有一种特殊的感情。这种感情可以一直追溯到二十世纪七十年代初，那时候我父亲被开除党籍军籍，在老家的一个砖瓦厂里劳动改造。我们住在一间黑乎乎的小屋里，厨卫之类是完全谈不上了，墙上有好些小洞和裂缝，冬天风呜呜地进来，夏天又有各种小动物爬进爬出，抓蟋蟀都不用跑到门外去。不过呢，在所有倒霉的人里面，我们的生活条件应该不算特别恶劣。我们有一只八根管子的小煤油炉，饭勉强能吃饱，到了月底还能到附近的小镇上去割点肥肉来熬油渣做成美味菜饭。父亲带过去的东西很少，有一只带泡沫塑料夹层的红色保温盒是特别珍惜的，因为他喜欢吃热食，当对营养、味道无能为力的时候，能够保持一点温度也是好的。

还有一只剥去壳子只剩机芯的电唱机，一直藏着掖着不敢拿出来，但是两只木质小书架却是明明白白地放满了书，让我今天想起来还是觉得有点奇怪。当年在福州的时候，他的书有一千多本，后来出事了，其中的大部分当然必须要处理掉。哪些可以留下呢？这当然是极痛苦的选择，要政治上没有问题，又要不能太乏味，否则留着也没有什么意思。

最后带到砖瓦厂的有两百多本，现在回想一下，比较多的是历史、军事和科技类的书，英文、俄文的也不少，包括毛选、马恩著作的英文和俄文版、俄汉辞典、英华大辞典、俄文版的苏联少年课外活动全书、伊林的《人怎样变成巨人》《苏联电影剧本选》《英语的历史》、吕叔湘的《中国人学英文》、林语堂的《开明英文文法》，一些商务印书馆出的英语注释读物，如《三人出游记》之类。还有就是一九五八年到一九六六年的《英语学习》杂志。

父亲一直对学英语有一种浓厚的兴趣，这方面他可怜得很，因为战乱，过早离开了学校，没有课堂，没有老师，更不可能出国，全靠自学，还有几张灵格风（Linguaphone）唱片。不过几十年下来，我估计他的水平相当不俗，至少应该有全国英语统考八级以上的实力，也翻译过好几本书，听BBC（英国广播公司）的节目完全不在话下，这方面比另一个也是几十年不间断学英语的某某人要强得多。

动机？最早还是文学青年的时候，想的是直接通过原文领略大师的风采，到后来动机就比较多样化。父亲说，当时要看点好看有趣的东西已经不容易了,占主导地位的话语方式令人气闷不堪,倒是外语还能给人一种新鲜感。一方面可以看一点用汉语看不到的读物,不过更重要的也许是语言本身(表达方式和思维方式)对人的新奇刺激。这也是俄罗斯形式主义流派所说的“陌生化”的意思吧,或者干脆就是饥不择食了。一九四九年后也学过俄语,但是学来学去,觉得实在是太难了。到了二十世纪五十年代末,又觉得两国关系越来越不妙,反倒是学英语还来得保险点。俄语式微之时,《英语学习》出现,这里面不知道是碰巧还是有什么必然性。有一点不可不注意,那就是在狠斗“封资修”的“文化大革命”中,国家也从来没有停止过英语教学和英语类书籍的出版,上海更是在“文化大革命”中就开设了英语学习的专类电台,远见还是有的。

尽管有这种“外国语是人生斗争的一种武器”的基本国策,还是觉得哪里不大对头,有如履薄冰、战战兢兢的感觉,不能做到理直气壮,唯恐别人侧目而视,被当作异类。当然这种危险性也是一种刺激感,反过来又会增加学习的乐趣。我猜测,当时其他学英语的人,有我父亲这样复杂感受的,应该不在少数。

二

这一切同我，一个八九岁的小学生，又有什么关系？要知道，在一个知识匮乏的年代，对知识的渴望是最强烈的。正是发育长身体的年纪，胃口很大。回到家里没有电视，更没有蜡笔小新，连农村有线广播到了晚上八点半都会结束。但是碰巧家里又有几百本书，你说我的热情会朝哪个方向喷射呢？自从学会了用《新华字典》以后，我的阅读欲望可以说是到了一种疯狂的程度。回想那时候对各种书本的无条件的热爱，我现在会惭愧，会心醉神迷，会被多年前那个小小的饥饿的我所感动，也会高度地认同高玉宝和《高玉宝》。毫不夸张地说，无论看得懂看不懂，我把家里所有中文书都一本本啃了个遍，等到实在翻不出什么新花样的时候，便把焦急而无奈的小手伸向了《英语学习》。

那个时候还没有双语宝宝，小学里不教英文，我连一个字母都不认识，怎么会去读《英语学习》？这真的是饥不择食了。但另一方面，它有好多插图，有一些中英文对照的文章。更重要的是，里面有不少童话！一本分明是成人的杂志，却大登童话，这也是一种鲜明的时代特征吧。在政治和艺术标准既清晰又模糊的年代，相对于令人心惊肉跳的资产阶级文学而言，小孩子的童话应该比较纯洁干净，保险系数也比较高吧，没想到无意中倒便宜了一个货真价实的小孩。

我最喜欢头几年的《英语学习》，因为英汉对照的读物特别多。有《卖火柴的小女孩》、王尔德的《忠实的朋友》、马尔兹的《世界上最幸福的人》、马克·吐温的《百万英镑》、斯托夫人的《汤姆叔叔的小屋》、契诃夫的《套中人》。我最早看《牛虻》，就是读的《英语学习》上的片段，讲蒙泰尼里到狱中去看望牛虻。那时候读到牛虻突然抓住主教的手臂，低声说："把手给我……快……只要一会儿……只要一分钟。"尽管茫茫然不知这个革命者要反动派的手干什么，还是有莫名的触动。

也有《泸定桥的战斗》这样的革命英雄故事，从头到尾讲的都是"林彪师"如何如何。《国防部长彭德怀告台湾同胞书》我也看得津津有味，那种强烈的风格连一个小学生都为之震撼。当然也有虽然是双语，但却无论如何也没有办法让一个小学生感兴趣的，比如周扬的《我国社会主义文学艺术的道路》。

可惜的是，双语的文章越来越少，到后来几乎完全限于重大政论之类。比如前面提到的《牛虻》的连载，一九六〇年第三期是中英文对照的，到了第四期续的时候就只有注解，不给译文了，毫无连续性可言，令人绝望。而且这里的情形近乎挑逗:美味可口的东西就在眼前，可惜手太短，够不着。情急之下，我做出了一个小孩所能做出的最大努力:硬着头皮看文章下面的注解。不是通过看注解来学语言，而是通过看注解来猜测内容，把注解本身当故事来读。大蛋糕吃不到，刮点边上的小屑屑意思一下也不无小补。其实这种手法我在读毛选的时候也用过，对一个孩子来说，后面的注解总是要有趣得多，有人物，有细节，甚至还有故事。

这种儿童式的颠三倒四的阅读法，如果以德里达的眼光看去，可否成为注解颠覆正文的解构式批评的注解？或者可以视为伟大的中国传统批注文化在当代特殊语境下的潜在发展？

三

后来就粉碎了“四人帮”,我进了中学,真的开始学英语了。但是很奇怪,虽然发蒙甚早,但是从初一到高一,我的英语成绩一直不好,可见小时候读《英语学习》同英语是毫无关系的。到了高一下半学期,对英语突然产生爆发式的兴趣。这里面的首要原因,同我父亲几十年前一样,还是希望直接通过原文领略大师的风采,现实的原因则是高考,两者加在一道,使我对英语本身有近乎变态的热情。当时我每天听五套不同地区的外语广播讲座,对申褒青、杨小石等名师的口音和讲课风格了如指掌。阅读的胃口更大,曾经从北京第二外国语学院一次性邮购了一套几十本英语阅读丛书。也就在这一时期,我重新发现了家里尘封已久的《英语学习》。

突然之间,那些童话和故事变得可以理解了,小时候可望而不可即的美味大蛋糕唾手可得了,虽然味道稍有些变质,但这份欣喜仍然可想而知。更加让人动心的是,里面很多文章的作者,我慢慢开始知道那是些了不得的人物。稍微举几个例:朱光潜、陈嘉、王佐良、许国璋、周珏良、杨周翰、李赋宁、葛传槼。这些大师级的人物凑齐了来给一个薄薄的普及性的学习类刊物撰稿，这样的盛况现在是不大可能有了吧。

许国璋，在二十世纪八十年代和九十年代的中国完全是一个传说中的名字。据说《许国璋英语》的印数仅次于《毛泽东选集》，许先生过海关的时候，海关官员一看到护照上“许国璋”三个字，立刻鞠躬免检放行。我读到一篇桂清杨先生的文章，写许先生是清华和西南联大的高才生，当年意气风发，才华横溢。后赴英国留学，精研英国十七世纪、十八世纪文学，尤钟情于雪莱，同学朋友亦昵称其为Shelley。

对于许先生这样的逸才秀拔之辈，一九四九年后要让他们夹起尾巴做人，估计也不太容易，稍不留神就会露出马脚。在一九六二年第四期的《英语学习》中，有一篇许先生解读赏析雪莱《云》的文章，写得清新可喜，文采飞扬，到了结尾处，一股激越之气仿佛要破纸而出：

> 我爱读雪莱之诗，我喜爱他的《云》。但是，我不是说《云》是雪莱最高的杰作。本诗各节，并非尽

美——诗律严，诗人又复刻意求工，有几处遂不免斧凿有迹矣。词气回荡，叱咤风云，我崇西风之歌；剔透空灵，绘声绘影，我爱致云雀之章；节奏明快，歌咏优美，我唯《云》之歌是选。意义深远，以宇宙的心声为自己的心声，西风歌自然是高出其他多多的……

我猜测写到这里的时候，许先生定然是把自己当作云，或云雀，或西风，而忘了自己身在何年何月何日了。

王佐良先生的名字我后来更加熟悉，因为我研究生读的是比较文学，佐良先生的《论契合》被视为中国比较文学的重大成就。不过，每当我想起佐良先生，首先想到的是最早在《英语学习》上看到的他翻译的培根的《论读书》：

Studies serve for delight, for ornament, and for ability. Their chief use for delight, is in privateness and retiring; for ornament, is in discourse; and for ability, is in the judgment and disposition of business.

读书足以怡情，足以傅彩，足以长才。其怡情也，最见于独处幽居之时；其傅彩也，最见于高谈阔论之中;其长才也,最见于处世判事之际。

佐良先生在后面的赏析中说，培根第一句话就妙,九个字道出全文主旨,单刀直入,毫无废话。而佐良先生将其翻译成中文,一共用了十四个字,干净利落,无以复加,更难得的是把培根挥洒自信的口吻也传了过来。这样的译笔,还有什么好说的吗?

在所有为《英语学习》撰稿的这些大师当中,作为高中生的我最崇拜的还是葛传槼。请恕我冒昧直呼先生之名,但是非如此不能传达我的无限崇敬和怀念,因为那时的中学老师和学生都这么光秃秃地称呼他，叫来叫去叫惯了。"葛传槼"三个字是一个巨大的象征,一个整体,如果在那后面加点什么反倒别扭,我的同时代人一定能理解我的意思。

葛传槼的掌故,陆谷孙先生在《万象》上有生动的记述。我这里想从中学生和中学教师的角度补充一些。当年,老师说,要学好英语,当然要学好语法,但是光有语法还不行,比语法更高级的是惯用法(usage),在一个绝对正确的语法上面,还有一个更加正确的习惯用法。或者,换成参加高考的学生听得进去的语言：语法是高考英语得分的基础，惯用法是拿到高分的必要条件。而葛传椝，老师说，就是全中国（现在看来可能是全世界）关于英语惯用法最高的权威。对我们这些中学生来说，大大小小的语法权威是奥林普斯山的众神，而葛传椝就是众神之神宙斯。

老师讲课，大致可以分成两类内容：一类是紧扣课本的基础语法和意义解释；另一类是比较高级的内容，对教科书进一步引申发挥，这时候，老师的口头禅是：葛传椝的《英语惯用法辞典》怎么怎么说。老师也会用葛传椝的事迹来对我们进行激励。（以下故事纯凭记忆，不实之处以陆谷孙先生的文章为准）传说中的葛传椝中学辍学，在一家印刷厂里当小学徒，借排字的机会学会了英语，而且练就一身惯用法的独门内功，竟然写信给英国的惯用法掌门人福勒（H. W. Fowler），指出福勒兄弟编撰的《简明牛津英语词典》中的错误。福勒接信惊服，回信向葛传椝表示感谢与敬意。于是葛传椝一举成名天下闻，后来连美国人编惯用法词典都要写信过来向他请教。对于一代代中国学生学英语讲英语的方式，葛传椝有漫长、深远、决定性的影响。

我那时候对老师那本秘籍般的《英语惯用法辞典》极

为艳羡,必欲得之而后快。后来经过无数周折,终于如愿,整个过程相当漫长复杂,这里且不去说它。简言之,我拿了一份教育部编写的中学英语高考大纲词汇表,把《英语惯用法辞典》与这些词汇短语相关的内容通通照抄了一遍。当时教育部有严格规定,绝对不许高考出卷时超出这些词汇和短语。我心想这下定然万无一失,结果高考英语拿了九十七分,扣掉的三分竟是高考大纲词汇表上没有的短语!结论是,如果当年没有轻信高考大纲,而是直接把《英语惯用法辞典》从头到尾抄一遍的话,高考英语是可以拿一百分的,如果进考场之前没有得神经病的话。

葛传椝在《英语学习》上刊载的文章非常之多。从一九六三年起,他每期都主持一个"问答栏",回答读者的各种疑难问题,感觉没有一个问题可以难倒他,而且他的回答总是简洁明快,切中要害,绝对是一代名师的风格。他还开设"英语自学从谈"和"理解点滴"的专栏。有一回他谈自学英语中的语法问题,告诫读者不可为语法而语法,走火入魔:对于语法有特殊兴趣的人,往往愈钻研愈深入,愈深入愈有趣,愈过瘾。把一两个词追根究底,剖析毫芒,有时竟会弄到语法游戏上去。例如研究至多可能连续用几个

that，造出了一个含有七个 that 的句子：It is true for all that, that that that that that that signifies is not the one to which I refer. 这种学习方法没有太大实用价值，应该避免。

说是避免，倒更像是在怂恿和鼓励。本来我对英语语法就相当感兴趣，看到葛传槼用来警醒世人的这七个 that，更如火上浇油，心醉神迷，不能自持。看了薄冰的语法书，又看张道真的语法书，接着看埃克斯利的《英语综合语法》，最后到新华书店的内部销售处去搞了一部影印的伦道夫·夸克的《当代英语语法》，有砖头那么厚，差点就立志去当个英语语法学家了。

四

当年带到砖瓦厂的那套《英语学习》，后来竟在一次搬家前夕被我父亲"处理"掉了，让我痛惜了很久。多亏好友严晓星神通广大，帮我在网上又搞到了一套，而且比当年的还要全。三十多年后，重新翻到当年苦苦猜测想象的那些注解，心中感慨无限。

重读《英语学习》，好像还依稀听到了一些历史的节拍和变奏。一套《英语学习》,当然也就是中国当代史的某种小而化之的版本。我手头最早的一期《英语学习》出版于一九五八年十一月十五日,里面没有一篇文章是英国人或美国人写的,唯一的一篇外国文章《废料创造奇迹》来自莫斯科,其他全是国货。有国防部长的“告台湾同胞书”、红军革命斗争故事、关于十月革命的对话、毛主席诗词英译。还有一篇是讲一个四岁的小女孩在广州横渡珠江八百米,以抗议美帝武装干涉中东。小女孩立志要拿广州市游泳冠军,然后到北京去见毛主席。

下面一期还是差不多的内容,不过总算有了一篇印度的民间故事。再下一期(一九五九年第一期)终于有了一篇货真价实的英国人写的文章,是英国共产党名誉主席威廉·加拉赫(William Gallacher)回忆自己童年的。然后就开始有一点童话或英美进步作家的小说。

到了一九六二年第一期,情况开始有比较明显的改变。英美文学的比重开始加大。尤其引人注目的是开设了一个“英美文学欣赏”的专栏,第一篇登的就是王佐良对莎士比亚一首十四行诗(“Sonnet XVIII”)的分析讲解。此等变化,绝非偶然。二十世纪六十年代初期,中共中央开始纠正“大跃进”以来的“左”倾错误，文化教育领域也随之着手制定具体政策。一九六一年六月，中宣部、文化部召开文艺工作座谈会和故事片创作会，周恩来做了重要讲话，指出要解决艺术民主的问题。陈毅在一九六二年广州会议上提出要为知识分子“脱帽加冕”，即脱“资产阶级”之帽，加“劳动人民”之冕。据说陈毅在这个会议上还朝大家鞠了躬。有意思的是，一九六二年第三期的《英语学习》登了一篇陈毅谈外语学习的文章，颇有呼应之意。陈毅鼓励大家学外语不要有顾虑:“据说有那么一种人，他们反对人家讲外语，这是非常奇怪的现象。不让人家讲外语，那我们为什么要办外语学院呢？既然你只让说汉语，那你上北大中文系去好了。这是一种反常的现象，非常不健康。”陈毅要大家学地地道道的外语，外语学院至少在课堂上不许讲汉语，搞本行、搞专业非常重要，不要动不动就扣人一顶“个人主义”的帽子。

一九六一年，吴晗的《海瑞罢官》上演，邓拓发表《燕山夜话》，汪曾祺写了《羊舍一夕》。一九六二年，《洞箫横吹》恢复上演，陈翔鹤写《广陵散》。这股宽松之气与《英语学习》风格的改变，应该是一脉相承的吧。从这样的角度，也许还能理解“英美文学欣赏”中选择《约翰逊博士致吉士菲尔伯爵书》之类篇章的特殊含义。

“英美文学欣赏”专栏刊载有弥尔顿和华兹华斯，布莱克的《伦敦》，济慈的《秋颂》，斯威夫特的讽刺散文，巴特勒的《众生之道》，兰姆的小品文，吉朋的自传片段，菲尔丁的《大伟人魏尔德传》片段等，一共十六篇。这十六篇文章，是古典主义在中国的最后一抹夕阳，我以为写中国当代文化史是应该记上一页的。最后一篇是一九六三年第七、八期合刊中的《汤姆沙耶》选段，然后就戛然而止。这个也绝不是偶然的。后来风向又转了，小说和童话越来越少，越南人民革命斗争故事之类的文章越来越多。然后就是一步步朝“文化大革命”走了。一九六四年第十期登京剧《芦荡火种》的剧照和部分选段的英汉对照，翻译得着实不坏，不知又是出自哪位名家之手。

Tiao：This is no ordinary woman.

Ah-ching：What trick is Tiao Teh-yi up to?

Tiao：She has sharp eyes，a ready tongue.

Ah-ching：He hides daggers in his smile.

Tiao: She's neither humble nor pert.

Ah-ching: He's neither fish nor fowl.

中文就不用抄了，大家一望便知是哪一段。一九六五年第四期《英语学习》登出一篇原载于《新建设》的名为《评〈英美文学欣赏〉》的文章，对《英语学习》只谈欣赏，不加批判的倾向提出严厉批评："对于文化遗产，愈是精华，愈要批判；对于注释的读物，其艺术性愈高者，愈要批判。"作者一眼就看穿了《约翰逊博士致吉士菲尔伯爵书》的危险内涵："文学总是为一定的阶级利益服务的，也不可能有真正'独立的'作家。今天强调作家的独立只能意味着向党和人民闹'独立'。"从一九六四年下半年起，英美小说几乎完全绝迹。一九六六年第五期登姚文元的《评"三家村"》，一九六六年第六期之后停刊。

一九七八年《英语学习》复刊，恰好赶上高考、"四化"和"向科学进军"的好日子，于是一下子成为全国最热门的刊物之一。再往后，人们学英语走向世界的劲头有增无减，从"牛糠""许国璋英语""托福"到"快速英语""疯狂英语""雅思""新东方"，再到今天"双语宝宝"的概念，大有举国若狂之势。在这样一波波热潮的冲击下,《英语学习》还保有不少读者,但面对如此众多的竞争对手,慢慢也就丧失其原有的中心位置,当然更开设不出当年那样的“英美文学欣赏”栏目了。

《英语学习》创刊的年头，正是我们把国门关上的时候,不过并没有完全关严,还是有意无意留下了一些门缝,《英语学习》正是那门缝之一。想想那些先贤大师为这本装帧粗陋的小刊物倾注的心血,想想他们戴着脚镣跳舞时的激情和无奈,想想我父亲那样的读者在掌握一种陌生而暧昧的语言中所隐含的渴望,我仿佛看到了既被默许又受阻遏的某种历史的线索。从当年断断续续的涓涓细流到今天泥沙俱下的全球化狂流,我应该感到宽慰吧,可为什么还是会有止不住的失落和惆怅?

老作文

我在一九七六年进南通中学。应该说，我赶上了好时光。那是一个冰河解冻、万木竞发的美妙年代。可是对那时候的中学生来说，有些东西慢了半拍。或者说应该慢半拍？想想现在的中学生吧，他们好像比时代还要快半拍，这就是新老中学生的不同吧。

回想中学里的自己和周围的同学，纯洁、敏感、脆弱，有着过分极端的善恶意识和理想主义信念，渴望并强烈依赖友谊。自卑（我想那是由于男女同学交往的极度匮乏引起的，到了高中，男女同学几乎就完全不说话了），由此而引起自傲；因为自傲，便滋长了自我和个体意识（以及存在主义式的孤独？），可是这种个人主义的萌芽又和当时周遭的集体主义精神相抵牾，由此而产生的张力足以令一个稚嫩的中学生头昏脑涨，不知所措。

坦率地说，我们的中学时代就是在这样一种精神压力和紧张中度过的，基本上乏善可陈，和现在的小弟弟小妹妹们几乎不可同日而语。不过，我们也不能说完全没有好时光。我不知道那时别的同学的幸福是什么，对我来说，幸福就是上作文课，作文课就是我的阳光。

我这里不能不提到我的两位恩师：初中时期的陆天根

老师和高中时期的杨建勋老师。对我来说,语文老师(也许还应该加上语文课代表)具有一种特殊的魔力,使我产生特别的认同和依赖。这种魔力一方面来自他们个人的气质和禀赋，另一方面很可能来自文学和写作的伟大力量,这种伟大的力量把我从那种紧张和不安中解放出来,哪怕是仅仅在短短的作文课上。

记忆中的陆老师永远穿着一件黑色的打补丁的老棉袄(当然实际上不会总是这个样子),双手拢在袖管里,抱着厚厚一摞作文簿,好似抱着十世单传的婴儿。陆老师略带一些口音,却使他的讲课更为亲切感人。

初中的作文我现在一篇也没有了,但是我却记得我第一篇作文的内容,记叙的是我们在校办工厂勤工俭学做味精的事情。我在里面提到了自己的一个小发明创造,可以提高味精装袋封口的速度。我还对味精细腻洁白的样子进行了一番画蛇添足的描述。为什么我还记得二三十年前的这篇作文呢？因为陆老师给了我一个惊人的九十分,再加上浓圈密点,和将近半页的红笔评点。我不知道现在作文的评分标准是怎么样了,在二三十年前,作文的满分是八十五分。作文的评语我也记不太清了,只记得最后有一段是和我商榷的，有一句是“你说呢？”

我对作文课的热爱就这样定下来了。亲爱的现在和未来的语文老师们哪，在批改作文的时候请无论如何不要吝啬你们的分数，不要吝啬你们的评语，最好再加上一个“你说呢？”那样的红包吧，你们说呢？

陆老师让我们记日记，但是他却从来没有要我们上交。正好前两天从箱底翻出一本，抄一段给大家看看：

一九七九年四月十九日，星期三，多云

午至北濠饭店用膳，食冬瓜汤，五分。初见临座一妇人，头如狮状，大波浪也，及彼回首，竟满脸胡须。大惊。始知其乃小伙也。悲夫，盖世风日下，人心不古，一至于斯也！

这种半文不白、酸不拉叽、故作遗老状的风格可不是陆老师教出来的。我估计有些少年总有一段时间想装得特别老成，这或多或少也是抵抗外界压力的一种手段。怎么样，是不是有点韩寒的风格？也许我们的中学时期和他们的中学时期还是有一些永恒不变的共同点的。就像一首苏

北民歌里唱的那样:

人小,心不小,吃起饭来真不少。

陆老师的文学修养很高,经常和我们讲名著。我还记得有一次他在阶梯教室给全校开讲座,题目是“革命的现实主义和浪漫主义两结合的创作方法”。这个题目在现在看来是没有什么意思了,可那是在一九七七年,而且他讲得很精彩。我还记得他引的一个两结合的例子是毛主席的《咏梅》。九年后,我参加复旦大学中文系的硕士研究生考试,里面有一道题目和陆老师的讲座内容差不多。不用说,我用上了陆老师给我的现成的例子。

陆老师还有一些和现在的“新概念”作文不太一样的方法。比如有一次国庆灯会,他布置作文,怕我们词汇量不够,抄了一黑板和灯会有关的成语,让我们在作文中逮住机会就塞个把进去。我现在还是觉得,对写作的初学者来说,这是个不坏的主意。我还记得我当时选用的陆老师提供的词汇有“十里长街”“灯火楼台”“火树银花”等。不知怎的我特别喜欢“火树银花”这个词。我一直在等待这样一个时机,能把“火树银花”再次塞进我的作文中去发挥一次余热。

初中时期我作文的最高成就是在全校作文比赛中拿了个二等奖。一等奖是得过全国作文竞赛第一的黄宏(不是那个演小品的!)。我的题目是《记戴沪生》,戴是我的小组长和好友,我在里面讲了戴的许多先进事迹,全是胡编乱造,毫无踪影。比如放学了,我劝戴出去打篮球,戴却坚持在教室做功课,并严肃地教育我说“今日事今日毕”。现在回想一下,这是一篇非常丑陋的作文,可却得奖了,奖品是一支双色圆珠笔。我还记得那天中午我是在寺街的姑妈家吃饭。吃完了到学校一看,橱窗里已经贴出了我的得奖作文。当时喜得两腿发软,人都要变形了。我见到同学,还故作镇静地问他们午饭学校里吃的是什么菜,喝的是什么汤。同学们可不是傻瓜,一个叫施勇为的同学笑着说:“我们喝的是二等奖汤。”

今天,哪怕我就是得了诺贝尔奖,也绝不会再有那种程度的狂喜了。就算是虚荣心吧,也是一种简单的、纯朴的、透明的虚荣。有些东西,没有了就是没有了。

还是回到作文课吧。陆老师只教我到初二。后来的作文老师给分给得严，我的作文也就没有起色了。直到高中杨建勋老师手里，我才又见到九十分，并开始个人的第二波作文热。

杨老师是南通中学的大才子。他的普通话极其标准，而且抑扬顿挫，很有节奏感和音乐性。他推动了“银杏”文学社的创立，为我们组织了朗诵小组和影评社，把班上的文学气氛搞得很红火。我还记得他带我们去南通电影院，和那里的影评员搞联谊活动，让我们免费看到了《小花》和《人证》的首映。我记得我有一篇评论《人证》是如何揭露资本主义社会的黑暗的文章，贴在南通电影院的墙壁上。还有一篇是谈《小花》里为什么要在隆隆的炮声中配上那么抒情的音乐，贴出来没有就不知道了。

杨老师还请来《紫琅》（就是后来《三角洲》杂志的前身）的编辑杨逢春先生来给我们做文学讲座。杨逢春先生说话很直率，他说：“文学嘛，就是要会骗。”语惊四座。他说，越是好的作家，就越是骗得完美，越是周全，越让你觉得全是真的。

现在想想呢，也还真是那么回事儿，像我那个《记戴沪生》可不就是骗人嘛，不是还拿了个二等奖和一支圆珠笔嘛，自己骗了人，还浑然不觉。可当时实在觉得杨逢春先生的说法太刺激了，有些接受不了，我们同学几个还争论了好久。到底是中学生，有些东西可能还是少儿不宜的。难得的是当时杨逢春先生对我们的那种平等的态度。

当时社会上的文学气氛也是极为热烈的，《第二次握手》的解禁、外国名著的再版、《伤痕》《班主任》的发表，都是我们中学生谈论的话题。当然，当时的人们胆子还不够大，步子还不够快。比如，我记得很清楚，《新民晚报》发表了一篇上海中学生的"有争议"的作文，叫作《"大光明"并不光明》：该中学生到大光明电影院看电影，先是觉得很光明幸福，可是出来的时候看到一个乞丐在寒风中哀诉，就觉得"大光明"也"并不光明"。整整一版的报纸上都是对该生进行批评教育引导的文章。

这种"慢半拍"的感觉当然也反映在语文教材上。当时，"杨朔体"还是散文的至高典范。"杨朔体"的标准格式是："我"闻知某地风景独好，欣然前往，结果自然风景未见，却见到祖国建设更为壮丽的风景。杨老师还保存了一些我过去的作文，我随手一翻，就翻到一篇疯狂模拟杨朔的散文，记得也曾在学校的橱窗里贴出来过，是这样开头的：

像天鹅一样伸长颈，张两翼轻盈地飞翔于银河上的天鹅座,英仙座星灿灿的流星雨,宝瓶座蓝紫色的目视双星，猎户座的α星——有名的变星和红色超巨星……二哥天花乱坠地讲着，我逐渐进入了美丽的幻境中。

然后就写二哥邀我去狼山顶上看一颗新爆发的超新星。结果当然不用猜也能知道:起云了,没看到。可是一转身却看到南通城里乡下路上的“如同白昼”的“万点灯火”,是更壮丽的超新星。

确切一点说，那是繁星在生活的海洋中的一片美丽的倒影……

“今朝始觉眼界开。”我感叹道。太美了——也真怪,平时怎么就半点也不觉得呢?

“这正应了‘不识庐山真面目,只缘身在此山中’

这句话。”二哥笑着说。

怎么样,有点禅意吧。今天看来,真让人有点怅然若失。要不是有杨朔的框子,要不是戴着脚镣跳舞,天知道我还能走多远?

在我们高中毕业的这一年,杨老师做了两件真正是“快半拍”的事,为我们的中学生涯涂上了最后一抹亮色。一是在我们班组织了班级舞会,另一件就是在作文课上给我们布置写一篇小说的作业,第二天交上来。

咱们长话短说吧,这天我回到家里,在一种不可名状的冲动和燃烧之下,一个晚上没有睡觉,一口气写了三篇小说。

第一篇写一个科大少年班的学生衣锦还乡回母校,却备感失落寂寞,因为昔日的同窗都与他有了距离。

第二篇写“我”在菜市场与一个葛朗台式的菜贩子周旋,后来葛朗台不慎失误,多找给我钱,“我”回家发现后饱受道德的煎熬,最后良心发现去还钱,而葛朗台已在失钱的痛苦中含恨死去。

第一篇差不多没有什么情节(倒是有点像后来的现代

派小说)。第二篇有了一些情节的雏形和心理描写,虽然矫情得厉害。写到第三篇的时候,越写越顺手,已经欲罢不能,一颗心好似要破壁飞去。巴金先生说过:创作是一种燃烧。我非常理解他说的意思。他指的就是我那天晚上的那种状态。

第三篇小说是我一生中写过的全部三篇小说中最好的一篇。语言干净洗练,结构完整,节奏明快,一点也没有拖泥带水的地方。即使用现在的标准来看,除了题材已经陈旧外,没有太大的毛病。

一天晚上,刚吃过饭,一个年轻人来到我家,手上拿着我的这篇小说,声称《南通日报》想要发表它,但是还要大改,他就是来帮我改的。我激动得浑身发抖。这位年轻人说我的这篇小说有欧·亨利的风格,并预言了一个作家的诞生。直到他临走的时候,我才搞清楚他不是《南通日报》的编辑,而是我们南通中学的语文教师严青。

很遗憾,我辜负了老师的期待,最终没有成为欧·亨利。我当了一名教师,再也没有写过一篇小说。在后来的日子里,有时候很累,有时候很沮丧,可有时候也还会想起那个燃烧的夜晚,甚至会鼓起一些余烬,照亮一点点前头的路。

高考一九八一

一九八一年,我参加高考。此时距“文化大革命”后恢复高考才四年,举国上下都高唱着一句话:学好数理化,走遍天下都不怕。人们对知识嗷嗷待哺,兴趣盎然。我有一个表哥和一个表姐考上了大学,他们假期回来后,谈起自己学校的那种神采飞扬,确实打动了我:无论如何,必须考上大学。

那时候高中只有两年。其实在高一之前,我对学习是比较松懈的,各种兴趣爱好很多。老师不像今天阎王似的看得那么紧。家里对我的学习更是从来不闻不问。

进入高二,气氛开始紧张起来。一九八一年,高考的全国录取率是百分之十一,但是我所在的江苏省应该远远比这个比例要低,竞争远比今天要激烈。

那时候我们的老师也没有什么辅导高考的经验。我所在的南通中学是当地唯一的省重点中学,从一九七七年到一九八〇年文科总共录取两人,其中一位还是通过省作文竞赛直升的。印象中,老师没有教我们什么诀窍,也没有给我们太多的模拟考试和资料。没有枪,没有炮,怎么办?我们自己找。记得我从《新民晚报》的中缝看到华师大编写的复习资料广告,自己从邮局汇款去购买。我还搞来教育部编写的高考复习大纲,对照教材,反复研究,自己画重点。我干的另一件有点像老师的事,是把历年的高考试卷收集全了,揣摩规律,想从中猜测应届的题目。不幸的是,一道也没有猜对。但是在这个总结规律的过程中,还是学到了很多东西。总之,那时候大脑细胞高度活跃,自主积极性空前高涨,这恐怕还是和老师没有过多干涉有关吧。

高考归高考,其他锻炼并未偏废,每天中午的篮球是必打的。我还是家里的强劳力。因为母亲去世早,弟弟还小,父亲又是个书呆子不会做家务。家里每天的饭菜是我全包的。我家买菜都在下午,我放学回来就拎起篮子上菜场,篮子里放一本政治复习资料。菜贩子看到我个个都惊叹不已。

回家洗了菜开始烧。我家是煤球炉,我在炉子上方贴了许多英语单词,定期更换。我一边炒菜一边看着背单词。炉火熊熊,照亮了一个个单词,也照亮了我对未来充满期待的脸。今天对什么都很麻木的我,想到当时的这个身影,还是感动不已。

我制订了严密的复习计划,精确到分钟。晚上我复习到两点。但这是一个巨大的错误。因为白天上课毫无精神,等于用上课时间来补觉。

好了,最后终于到了决定性的时刻。临考前一天,我和同学相约去考场考察熟悉地形(据说这可以减轻压力)。晚上,我没有复习。听了两段相声,还有舒曼的《梦幻曲》,力图让自己放松。但是,我还是不可控地失眠了。

第二天清晨,我骑着车驶向我的命运,无人陪伴,略有一些紧张。拿到卷子,开始做的时候,一切紧张都消失了。中午回到家,这天的菜就不是我做的啦。我的父亲,也是后来相当有名的乐评家辛丰年,到菜场给我买了二两河虾,炒了给我补补身子。我惊奇地发现,父亲的烹调水平相当高,那个油爆虾好吃极了,至今难忘。

吃完虾,精神抖擞,身轻如燕,骑上车再赴考场。当时觉得毫无压力,前途一片辉煌。

电影记忆

一

我相信生命中的奇迹，这种信念源自一部电影，它的名字叫《海鹰》。我坚信我在两岁的时候在福州看过这部电影，然后把对它的记忆一直带到四十多年后的今天。

以下是记忆中的画面和声音：

碧海，蓝天，雪白的浪花，帅气的大盖帽海军叔叔，漂亮的民兵阿姨，高速行驶中的银灰色的鱼雷快艇，粗大的鱼雷发射管，震耳欲聋的爆炸声，冲天的火光。

“预备——放！”

“海鹰，海鹰，你在哪里？”

“海鹰一号，我是海鹰二号，你在哪里，你在哪里？”

最后记得的图像是下沉中倾斜的鱼雷艇，艇上的桅杆慢慢沉入水中。

每次向朋友们讲起我这个超凡的童年记忆时，朋友们都嗤之以鼻。但是我有证据。该片一九五九年拍摄，一九六六年被禁，我一九六四年出生，两岁是按照最保守的方法计算出来的。后来我查过这部电影的演员资料，帅叔叔是王心刚，漂亮阿姨是王晓棠。当年，比我年纪更大一点的观众都知道这样的口号：

男看心刚，女看晓棠。（好像男和女的位置应该倒一倒。）

弗洛伊德有所谓“原初场景”(primal scene)之说，是其理论的核心。他说小儿到此世界，第一次见到的色情化的震撼场景，对其一生有决定性的影响。太对啦，《海鹰》就是我的原初场景，对我的一生有决定性的影响。在我长大以后，只要看到军舰、炮筒、桅杆、鱼雷发射管之类的东西，心跳就会加速，肾上腺素就会分泌。至于这种冲动当中到底有多少色情的意味，那就仁者见仁，智者见智吧。

二

看《海鹰》(如果我真的看过的话)的时候是我一生中的黄金年代。后来很快就不对头了。我父母倒了大霉，无力抚养我和弟弟，就把我们送到常熟乡下姨妈家。对于乡下小孩来说，最幸福的时候是县流动电影放映队来到的日子。如果在哪一天,傍晚的时候打谷场东头支起了两根粗粗的毛竹竿,挂起了像白色风帆一样的幕布,我们这些小孩的心就会去随风远航啦。

当然我们也不会老是傻傻地守株待兔。我们会主动出击,追寻那放映队的足迹。最远的时候,我表哥曾经用水泥船把全家运到一个叫"压路机公社"的地方看电影。也许是"压路机大队",反正地名中一定有"压路机"三个字。

一九七一年的某一天傍晚,我姨父带我到本大队一小队的打谷场去看苏联电影《乡村女教师》。这部电影当中一点也没有飞机、大炮、地雷之类小孩们真正要看的东西,不过好歹这也是电影啊,而且二小队离我们一小队很近。我记得很清楚,姨父坐在我的左边,右手是生产队的猪圈。酸酸的糟糠混合着烂草和猪粪,散发着臭烘烘的味道,猪们显然刚用过晚餐不久,在那里兴奋地直哼哼。

姨父身边坐了一个戴眼镜的陌生中年人,左胸兜顶上开了一个洞,洞中插了两支笔。姨父和中年人一边看电影,一边聊天。我到年纪很大的时候才知道,他们谈论并且决定的是我的未来。中年人是本大队小学的张老师。

幕布上,乡村女教师瓦尔瓦拉说:"孩子们,你们要学会念书，写字，算算术。你们将要成为有智慧，有力量的人，我要使你们有理想。”

幕布下，姨父对张老师说：“我家毛毛要上学啦，他是从大城市来的，将来还是要回去的，要做大事情的。老张啊，你要用普通话上课，你一定要教小孩子拼音。不会拼音，识字总归是识不多的。”

于是，不久后，在江苏省常熟县辛庄公社金星大队橹浜小学的历史课上，老师第一次开始用普通话授课，第一次开始教汉语拼音。这是为了我，为了我姨父，一个农民的嘱托，还是因为屏幕上的瓦尔瓦拉？我不知道。我只知道在我每次翻开汉语词典的时候，在我也变成了一个教师，用那还算是比较标准的普通话教课的时候，常常会想起打谷场上，幕布下面，猪圈旁边的那个夜晚。

好天

一

在我小的时候,我们公社没有自己的书店,要买书的话,就要去很远的区政府所在地石港镇,或者去更远的刘桥镇。隔几个星期天的早上,我父亲就会骑上哗啦啦乱响的“兰羚”牌自行车带我出发,到镇上就差不多要中午了。从书店里出来,正好进斜对面的一家小饭铺,吃一碗喷香的葱花酱油汤面,然后就该回家了。

父亲给我买的书都是科技类的,像《少年电工》《少年航空模型》《电动模型制作》《广播线的学问》之类,其中最令人难忘的是二十世纪七十年代出版的《十万个为什么》。一开始的时候,家里的《十万个为什么》有八册,我最爱读其中的第六本“天文分册”。

为什么是天文? 这恐怕不是完全没有道理的。当时我们第一颗卫星刚上天不久,余热尚在。有一天傍晚生产队里组织到打谷场看卫星,我这个小孩也躬逢其盛,和大家一道兴奋地往天上呆呆看了很久。结果好像是什么也没看到,不过那个狂欢的气氛却在我的记忆里停留了很久。“天文分册”一开始几十个问题全是关于卫星的,什么“三个宇宙速度”啊,“发射倾角”啊,“多级火箭”啊,看得我血脉贲张,恨不能跟卫星一道上天。再往后面翻,就是天有多大,星星有多少颗,为什么天会黑这些对孩子来说极为神秘玄妙的问题。对于所有这些“为什么”,书里多半会先引一句用黑体字印出来的毛主席语录来开导一番。这让我很早就有一种感觉:毛主席对天上的事情,样样都懂。

不过“天文分册”上最吸引我的还是两幅图片:一幅是月亮的,像个圆脸大麻子;另一幅是土星,像顶扁扁的草帽。这两张图对一个白纸一样的幼小心灵显然有一种启示性的震撼:原来事物实际上并不像它们看上去的那样。父亲对我说,他以前在上海一家科教仪器店看到过一架小型的天文望远镜,用那个来看月亮和土星的话,应该和图里画的是差不多的。上海当时已是遥不可及,我家的状况连我这个小孩也知道什么是不应该去乱想的,可“天文望远镜”这个词从此就一直让我心动不已。

父亲是略懂一点天文的。北斗的勺子、牛郎的扁担、猎户的腰带、天蝎的尾巴,这些都是他最早指给我的天上的路标。他对中国一些古怪的天象名也很好奇。有一个叫“积尸增三”的星,令他莫名地着迷。也许是这个词本身很刺激吧。那是二十八星宿里鬼宿中的一个星团,传说中鬼魂进入地狱的入口。《观象玩占》里说:“鬼四星曰舆鬼,为朱雀头眼,鬼中央白色如粉絮者,谓之积尸,一曰天尸,如云非云,如星非星,见气而已。”鬼宿的四颗星本来就昏暗不明,当中那团形状不清、颜色惨白的雾状物给了我一些可怕的联想,直到后来知道那就是巨蟹座中有名的M44。当年是伽利略第一个把望远镜指向这团云雾,发现它只不过是无数恒星的聚合而已。

又不知道过了多少日子,我们买到了一套七本的《科学小实验》。这应该是二十世纪七十年代中期以前少儿DIY(自制)的圣经了。顺带说一下,人们常说那年头如何如何反科学反现代,可是一提到“科学”,我就想起我们公社砖瓦厂订有《科学普及》《科学试验》《国外科学动态》这样的杂志。所以我有这样的印象:“科学”在那样的年代好像也并不是个贬义词。不管怎么样,《科学小实验》里的实验,有条件做的,我都做了,而最刻骨铭心的,就是“光学”分册里的“简易天文望远镜”。

我找出家里的擀面杖,用马粪纸卷在上面,涂上自制的胶水,外面再贴上几层白纸,内壁用墨汁涂黑,这就是镜筒了。镜筒的前端嵌上一个二百度(焦距五十厘米)的老花镜片,算是物镜。后面再套一只小一点的“胃舒平”的圆盒子,装上一只焦距一厘米的目镜(该目镜是扬州某军工厂的一个工人慷慨送给我的,原用于国产坦克潜望镜),一只五十倍的天文望远镜就做成了。

一个没有电视、没有卡通、没有作业、却又热爱知识的小孩,平生第一次把自制的望远镜瞄准一轮新月,想想看这是什么样的感觉。那种手在颤抖,心儿怦怦乱跳的情形,我想就是所谓的极乐吧。那样的感觉,长大了也就不大有了,或者淡了。我父亲自然也跟着看了好久,他的评价是:“唔,不错,很丑。”望远镜里的月亮坑坑洼洼的,让人看了起鸡皮疙瘩,确实毫无诗意,不过我喜欢这些难看的丘壑,远远胜过那些月兔桂树之类的传说。后来才知道,我的这架望远镜,同伽利略在一六〇九年发明的那一架一样简陋,口径差不多,倍数差不多大(我的稍微大一些),集光力和分辨率也不相上下。我们第一次看到那些环形山时的心情恐怕也差不多吧。

望远镜这样的东西,有了一架就会想要第二架,有了小的就会想要大的。我很快就对镜中的图像不满足了。比如看土星，只是模模糊糊有点光环的意思，很不清楚。当年伽利略的望远镜也只是看到土星两头“有些凸出来的东西”。要看得更远，更亮，更清楚，就需要更大的口径。从伽利略以来，所有天文学家的最大梦想，同我一模一样，就是拥有更大更好的天文望远镜，好把更远的星体纳入自己的可视范围。现在很多时髦理论把二十世纪看成是图像的世纪，曰人类的视觉欲望已达登峰造极的地步。其实，我觉得世界的“可视化”过程应该追溯到望远镜的发明。正是昂然刺天的望远镜不断刺激着人们的视觉冲动，怂恿他们偷窥着天上和地下的一切。十七世纪以来，欧美各国上演了一出又一出的望远镜口径大战，这场迄今为止的国际视野竞赛和殖民主义的发展恰好同步，恐怕不完全是偶然吧。在大不列颠帝国的鼎盛时期，英国天文学家赫歇尔用一架直径一点二米、镜筒长十二米的巨型反射镜把其他各国的望远镜远远抛在后面。一九四八年，美国在帕洛马山建成直径五米的海尔反射望远镜，仅仅是镜片就有十四吨重。二十世纪七十年代，勃列日涅夫亲自指定苏联热伦丘克斯卡雅天文台新一代天文望远镜必须比美国海尔镜大一米。一九九四年，建在夏威夷的凯克十米望远镜又把世界纪录夺了回来。望远镜这个东西，往好里面说是探索自然，追求无限，不过和人类的扩张野心大概也是分不开的。

就个人而言，那又是另外一回事了。我从小到现在，自己制作和购买的望远镜，加起来要超过十个，却未必有什么霸权思想。我所知道的天文爱好者，都是温和退让、生活简朴、淡于物质和名利的人。中国业余天文学界自制望远镜的人当中，最大口径（五十厘米）的纪录保持者是北京一位叫佟连荣的老先生，六十多岁，六一八厂退休工人，月收入一千多元。老先生烟酒不沾，所有的钱都用来做望远镜。他的五十厘米望远镜重六百公斤，光是镜片就手工磨了一年多，用掉十公斤的金刚砂。佟先生自费在京南永定河废弃河道旁租了一块地，搭建了一个简易观测室，好不容易为自己的巨炮找了一个安身的地方。却不料当地修建高尔夫球场，连招呼都没有和他打一声，就把他的观测室推平了。佟先生还在磨制新的折射镜片，寻找新的观测地点。

我国天文爱好者中第一个独立发现彗星的张大庆是开封空分设备厂的“龙门刨”的操作工，此人除了上班，吃饭和睡觉，几乎把所有的一切都放在了做镜子和看天上。他亲手磨制的镜片不下一百个，发现“池谷—张”彗星用的二十厘米反射镜，就是他用最简陋的三角铁和圆铁桶制成的。每天下班回家，刚吃完饭，他就骑车到十多公里以外的黄河大堤去观天，节假日也毫不例外，这样坚持了十多年，终于找到一颗彗星。大庆后来当然成了新闻界追捧的超级明星。我看那些报道和特写都是强调他如何意志顽强，百折不挠，战胜各种艰难困苦，最后打破零的纪录，为国争光云云。其实，那三千多个荒郊野外的星夜，大庆享受到的那种最单纯的乐趣，恐怕是满脑子荣誉思想的人根本没办法感受到的。经常抬头看星星的人，知道什么是大，什么是远，什么是天长地久，对尘世间的很多东西，难免要淡一些。

张大庆用十年的时间发现了一颗彗星，和他共同发现这颗星的日本人池谷熏则花了整整三十四年。池谷可不是什么无名小辈，他曾经创下连续五年每年发现一颗彗星的惊人纪录。他发现的第三颗彗星，一九六五年的“池谷一关”，是二十世纪最壮观的掠日彗星。最亮的时候，这颗彗星竟然能大白天就在太阳边上被肉眼看到，整个彗尾横扫三分之一个天空。池谷也随之一举成为全世界闻名的人物。当时的媒体大肆渲染他少年时遭遇变故，家道中落，父亲破产，而他如何下决心把家族的名字写到天空上去发扬光大。池谷后来回忆说，这些都是无稽之谈，他家境原来就很平常，根本就没有什么值得重整的家族荣誉。为什么要寻找彗星呢？很简单，因为它们很美，仅此而已。他也没有用他的名声去扩展事业，就住在离东京不到两百公里的乡间。他们夫妇的卧室隔壁就是他的小作坊，自己做一些镜子，维持着最简单的生活，在漫长的岁月里耐心地寻找着他的彗星。

我在日本住过两年，这个国家有两件事让我吃惊。一是无所不在的各式各样的地图，再一就是天文爱好者和天文杂志数量的繁多。在我印象中，这世上爱好者发现的彗星，大概有一小半是以日本人的名字命名的。像本田实、关勉、百武裕司、荒贵源一，这些都是有名的彗星猎手。每年八月在新潟县黑川村举办的胎内星会，是全世界最大的天文聚会，最多时有近万名天文爱好者参加。在为时三天的狂欢活动中，爱好者们赏星观月，交流心得和器材，开摇滚歌会，举行自行车比赛，而最后一项节目是清扫垃圾，全部活动都由志愿者组织维持。日本民族对美的敏感和酷爱举世闻名，历史上他们对扩张和征服的渴望也是有目共睹，那么，这两种看上去截然相反的倾向和如此普遍的天文爱好有关系吗？想想三岛由纪夫吧。

一九九八年十一月，正是狮子座流星雨的时节，退休以后在大东文化大学任教的丸尾常喜先生听说我对天文比较感兴趣，邀请我到他家中去观赏流星。丸尾先生为人非常谦逊平和，在对鲁迅研究上的造诣非凡，人称“丸尾鲁迅”，我读过他的《人与鬼的纠葛——鲁迅小说论析》，真是了不起的杰作。丸尾先生住在日高市的一个小镇上，依山傍水，视野开阔，更妙的是到了晚上黑乎乎的，确实是看天的好地方。这天晚上我坐火车去丸尾先生家，车厢里到处都是背着帐篷、睡袋和三脚架的年轻人，显然都是奔赴郊外观看流星的。晚饭丸尾先生特意让夫人做了“司盖阿盖”（日语，日式牛肉锅的音译），因为以前有一次我问过他“司盖阿盖”到底是个什么东西。到了十点多钟的时候，丸尾夫人在屋外摆好了几张藤椅。虽然是十一月，可那天奇冷无比，我们都盖了一条毯子。说是流星雨，可是等了半天，连一颗也没有看到，后来才知道是预报错误，大规模的流星雨在当天凌晨已经过去了。不过，我们还是赶上了一个尾巴，到了晚上十一点多的时候，丸尾先生终于看到了第一颗流星。他兴奋地大声喊叫,让屋子里面还在操持忙碌的夫人赶快到外面来看。丸尾夫人慌慌张张地跑出来,也加入了观看的队伍。就这样,我和老先生老太太哆哆嗦嗦地躺在冰冷的夜空下,大家充满期待地盯着东南方,每看到一点亮光划过,我们就大呼小叫,有时还能听到远处其他人的叫喊。到了深夜两点,实在是冷得吃不消了,丸尾太太又给我们每人加了一条毯子,到那时我已经数了十几颗流星了。我们就这样看了一夜。

从前看《笑傲江湖》,最感动的是小尼姑仪琳和令狐冲在瓜田里的一段。仪琳说,看到流星,如果在衣带上打一个结,同时心中许一个愿,只要在流星消失前打好结,又许完愿,那么这个心愿便能得偿。令狐冲鼓励她试试看。他们后来看到一颗极长的流星,仪琳真的在星光隐去前打完了一个结,可是她心乱如麻,竟然不知道许个什么愿才好。其实她是知道的,就是太善良太纯洁,都不敢说出自己心底里的愿望了。

那天我许了个什么愿?已经记不清了。只记得到了凌晨四点多钟的时候,我突然看到一颗极大极亮的流星滚过天边,足足有好几秒钟的光景,还隐隐带着呼啸的声音。那真是惊心动魄的一刻，好像连附近的树木都被照出了影子。这是我一生中从来没有见过的天上的景象,足以把我的记忆照亮很久。

二

人到底为什么喜欢看天？上面说到的那些“霸权”啊，“殖民”啊,“美”啊什么的,恐怕还是极为肤浅的夸夸其谈。或许看天真的是不需要理由的,是世上罕有的真的不需要理由的极少数行为之一,就如同音乐。康德在《实践理性批判》中有一句后来刻到他墓志铭上的名言:“有两种东西，我们愈是时常愈加反复地思索,它们就愈是给人的心灵灌注了时时翻新,有加无已的赞叹和敬畏:头上的星空和心中的道德法则。”这句话算是老生常谈了,可是永远有一种直指人心的力量。

随便翻翻哪一本天文学史,都可以赫然看到康德的名字。我总觉得,要真正理解哲学家康德,或美学家康德,或伦理学家康德,首先应该理解天文学家康德。当康德在谈论美的无目的性和道德的先天性的时候,他好像就是在谈论那些生生不息的日月星辰。天何言哉！康德理论当中所有那些非功利和反目的论的严重倾向,对一个喜爱天文的人来说,是最容易亲近和理解的。

天文学家康德最了不起的著作名叫《关于诸天体的一般发展史和一般理论,或根据牛顿原理试论整个宇宙的结构及其机械起源》,扉页是"敬献给腓特烈陛下,普鲁士国王,勃兰癸堡侯爵,神圣罗马帝国富内大臣和选帝侯,西里西亚元首和大公爵,等等,等等,等等,我的最崇高的国王和君主"。这本书的中文译名是《宇宙发展史概论》(上海人民出版社,一九七二年五月)。请注意中文版的出版年月。这样的书,在这样的年代出版,没有些因缘恐怕是不行的。

这部书是天才的博学、推理、洞见,再加上惊人的想象力的结晶。很少有一部科学著作写得如此庄严宏大,恣肆汪洋,而又如此优美感人。请看这一段关于太阳的描述:

> 最后,让我们再来设想一下,仿佛燃烧着的太阳这个极其稀奇的物体就在我们眼前。人们一眼就看到了一片火焰冲天的辽阔火海,看到了到处是狂怒的风暴,它比火海更加凶猛。当这些风暴在它们的海洋上兴起时,忽而把这天体的高原地带遮盖起来,忽

而又使它们露了出来；已停止燃烧的岩石，从喷吐烈焰的火道中伸出可怕的尖峰，它们或者被飘扬的火焰掩盖起来或者被它吐露出来，这就引起太阳黑子的时而出现，时而消失；浓厚的蒸气把火窒息，又因暴风升起而形成乌云，这种乌云又突然化为火流骤雨，向下降落，犹如汹涌的急流从太阳上陆地的高处直向燃烧着的深谷浇去；质点轰然破裂；物质成堆烧成灰烬，自然正在与毁灭作斗争；但正是这自然界自身在它最可怕的解体状态中给世界带来了美丽，给一切生物带来了好处。

天知道康德是如何看到这样的太阳的。它和我们现在最先进的太阳望远镜当中看到的没有什么太大的差别，就是康德的太阳更激情，更诗意罢了。难道他真有"先天的"和"内心的"眼睛？难道他真的到了"吾心即是宇宙，宇宙即是吾心"的境界？康德早就说过，像仙女座星云（M31）这样的模模糊糊的光斑，其实是极为遥远的无数恒星的集合体，在银河系外有着无数这样的星系，他称之为"岛宇宙"。可是在他的年代，没有一架望远镜强大到足以支持他的观点。直到一九二三年,在新建成的 2.54 米胡克望远镜中,M31 的边缘才终于呈现出康德所断言的那个群星璀璨的模样。在《宇宙发展史概论》中,康德提出了有名的星云假说。这个假说的核心内容,至今仍然是关于太阳系起源的所有理论的基石。

康德认为,宇宙是有限和无限的统一。时间和空间是无限的,但地球、太阳和人类终将毁灭,万物有生即有死,大自然在破坏中孕育着生生不息的创新,生命和死亡的转换是永恒的过程。自然界不是瞬间形成的,是通过千万年的进化才变成现在这个模样,而未来的无限岁月中还会形成更新的世界。“我们在无限的时间和空间中看到大自然的火凤凰之所以自焚,就是为了从自己的灰烬中再次恢复青春。”这些话听着耳熟吗?

不错,这些话我们太熟悉了,那就是“五四”以来打造我们所有的光荣和梦想的最核心的东西,或者说原点。我们马上就会想起毛泽东,他对运动的痴迷,他的破和立,他的“巡天遥看一千河”“宇宙也是转化的,不是永久不变的。资本主义要转变到社会主义,社会主义又要转变到共产主义。……猴子变人,产生了人,但整个人类最后是要消灭的,它会变成另外一种东西,那时候地球也没有了。地球总要毁灭的,太阳也要冷却的……事物总是有始有终的,只有两个无限,时间和空间无限。无限是由有限构成的,各种东西都是逐步发展、逐步变动的”(《在成都会议上的讲话》)。

《西行漫记》里面提到,毛泽东告诉斯诺,他年轻时信奉过康德的哲学。有一次接见周培源和于光远的时候,谈起望远镜和康德的星云说:

> 现在,我们对许多事物都还认识不清楚。认识总是在发展。有了大望远镜,我们看到的星星就更多了。说到太阳和地球的形成,一直到现在还没有人能够推翻康德的星云假说。如果说对太阳我们搞不十分清楚,那么对太阳与地球之间这一大块地方也还搞不清楚。现在有了人造卫星,对这方面的认识就渐渐多起来了。我们对地球上气候的变化,也不清楚,这也要研究。关于冰川时期问题,科学家们还在争论。
>
> (于光远:方才主席谈到望远镜,使我想起一个问题:我们能不能把望远镜、人造卫星等等概括成“认识工具”这个概念?)

你说的这个“认识工具”的概念有点道理。“认识工具”当中要包括镢头、机器等等。人的认识来源于实践。我们用镢头、机器等等改造世界，我们的认识就深入了。工具是人的器官的延长，如镢头是手臂的延长，望远镜是眼睛的延长，身体五官都可以延长。（《关于人的认识问题》）

“巡天遥看一千河”，老人家吞云吐月，视野的开阔和目光的深远当世无人能及，关心宇宙的“大本大原”问题自在情理之中。他一生喜谈天说地，喜读科学原理类书。宇宙的尺寸，人类的起源，基本粒子的大小，这些都是他注意的问题。“我们也要造人造卫星”，这话看来不是一时的冲动，也不是赌气。老人家曾数次登上紫金山天文台，对那里的望远镜很感兴趣。“九·一三”事件后，开政治局扩大会议，毛泽东说，天要下雨，娘要嫁人，地球照常转动。然后就讲哥白尼的《天体运行论》，并亲手交给许世友十本《天体运行论》，托他带给紫金山天文台。他也很喜欢法国天文学家弗拉马利翁的《大众天文学》，还送了一套给来访的蓬皮杜。

一九七五年，我到了南通市，大半年没有学可上，用姑父的借书证和单位介绍信天天出入于门可罗雀的市图书馆，看了大量《雁飞塞北》《香飘四季》《逐鹿中原》之类的小说。现在回忆起来，简直要怀疑自己是不是记错了。无论如何不会记错的是我借了一套三本弗拉马利翁的《大众天文学》。这大概是有史以来最出色的天文普及读物，把天文知识写得比神话还要迷人，文笔绝佳，翻译得又好，还有大量在那个年代令人瞠目结舌的图片，可惜现在已经无处可觅了。我记得前言里说，很多人读了它，就立刻选择了做天文学家。我也是这些人中的一个，高中的时候，准备报考南京大学天文学系。倒霉的是我又近视又色盲，终于未果，和天文也就渐行渐远了。

三

现在回想起来，当年我和农村的小朋友们一起在没有灯火的夜晚用我的马粪纸望远镜（他们管它叫“独眼龙”）看月亮，有点国外流行的 star party（星空飨宴）的味道，大家着实快活过一阵子。可是除此以外，这辈子我从来没有在身边遇到过一个可称“天文爱好者”的人，感觉自己仿佛是个苦命的单恋人，最后终于撑不下去了。

我这样的情形恐怕不是偶然的。中国本来可称世界第一天文大国。金克木先生写过一篇《闲话天文》，感叹天文在现代中国的寂寞。他说《日知录》开篇第一条便是“三代以上人人皆知天文”，在《诗经》的年代，人人知道“三星在户”。天过去在中国的地位是很高的，天文是文人学者起码的修养。那么天空什么时候离我们远去的？从顾炎武的话可以感觉到，天道在他那个时候已经开始衰落了。这是什么缘故？

大学里上现代文学史课的时候，老师对朱自清的《毁灭》赞不绝口，可是我读到“从此我不再仰眼看青天，不再低头看白水，只谨慎着我双双的脚步”就觉得这里面的味道对天文大为不利。也许是我们太把天和地对立起来了，要么在天上乱飞，要么在地上龟行，好像舍此就别无他路似的。

我原先不是顶喜欢金先生的文章，可是后来看了他写的那些有关天文的小文，说他在北海公园用小望远镜看织女星，还翻译过《通俗天文学》，参加过中国天文会的活动，就生出亲近的心来，好像他是我远方一个从未谋面的知己。可是金先生这样的人,也只有一个。

有好多年,我差不多把头顶上的天空忘了个精光。直到一九九七年我去奥斯陆,在市中心的一家天文仪器商店里看到各式各样大大小小的天文望远镜,胃口一下子就又被吊了起来。我买了一架小巧迷人的 Meade ETX-90 马克苏托式天文望远镜，配有电动跟踪装置。后来又买了 Megrez 102 短焦折射镜,Meade 的 203 毫米口径的 LXD55 SN8 施米特牛顿镜等器材。最后这台四十多公斤的大家伙比当年伽利略望远镜的集光力要足足大四十五倍,分辨率要大六倍。在这架望远镜的目镜里,土星的光环再也不是模糊的凸起，就像照片一样清晰,A 环和 B 环间宽度五千公里的卡西尼环缝可以轻而易举地辨认出来。木星可以看到鹅卵形的大红斑，五颜六色的云带可以至少数出六条。至于月亮,那高高凸起的环形山简直就是要向我的脸上扑过来。这架望远镜是用电脑控制的,也就是说,我用电脑打开一张电子星图,只要在我想看的任何一个天体上用鼠标点一点,这个 LXD55 SN8 就会发出锯木头般的怪响,然后摇头晃脑地指向那个目标,精度在十弧秒之内。这就是所谓的 autostar(自动寻星)技术,足以把任何一个傻瓜和懒汉变成伽利略根本不能梦想的天文高手。我还为这架望远镜装了 CCD 摄像头,这样我就不用把眼睛凑在小小的目镜上,甚至都根本不用到外面去忍受刺骨的寒风和肆虐的蚊蝇了,不用动手,不用动脑,不用寻找,只要舒舒服服地守在电脑屏幕前,就可以把天上的美景一览无遗。

高兴吗?很难讲。高科技确实能带来便利和刺激,可是总有什么东西感觉不大对头。世界上的事情,太舒服了也未必就好。风靡全球的 DIY 热其实恰恰说明我们早已成了那个脖子上吊一只大饼的懒人。我总怀疑自己是在用越来越新的时髦科技来刺激自己越来越麻痹的神经,饮鸩止渴呀。高科技真的可以使我们越来越接近事物的真相吗?肉眼看到的星星,透过目镜看到的星星,电脑屏幕上的星星,究竟哪一个更真实,哪一个离我们更近?

更糟糕的是,我们头顶上的天已经不是过去的那个天了。不用说摩天高楼和酒吧迪厅的大门挡住了我们在夜晚的视线,都市的夜空正在变得越来越明亮刺眼。这可不一定是什么好事。银河早已在我们的视野中消失,成千上万的星星也在悄悄地离我们远去。那些美丽的夜晚会最终通通变成白昼吗？如果连夜晚都没有了，我们还会有花前月下吗？还能对流星许愿吗？还会有那些黑暗而香甜的睡眠吗？都市的那些铺天盖地的灯光，可不仅仅是富足和享乐的炫耀，它的名字其实叫光害，又称光污染，是对大自然的一种污染，而我们大多数人还浑然不知其可怕。现在每一个大城市都热衷搞灯光工程、白昼工程，想尽一切办法让星星和月亮失色，让爱好天文的人绝种。我们的“明”天会怎样？不知天高地厚的人啊，在对老天爷上下其手之前，好好掂掂自己的分量吧。

我的导师贾植芳

不管有多少年过去,我都会清晰地记得第一次见到贾植芳先生的情景。那是在一九八三年十一月的一个夜晚,我和同班同学翟宝海冒冒失失地敲开了复旦大学第六宿舍一幢日本式的小屋子。没有任何引荐,也没有任何邀约——后来才知道,像我们这样的不速之客去过不知道有多少,先生一视同仁,有教无类。其时已是深秋,我穿得比较单薄,加上崇敬和紧张,一开始浑身不住发抖。师母给我们倒上热茶,不断让我们吃一些果脯和小点心。先生那天穿的是黑布鞋,讲到高兴的时候,一只脚跷到了椅子上,这个动作让我彻底消除了紧张,好像回到了自己家里。

我说到自己将来想做学问搞研究,先生既没有鼓励,也没有泼冷水,而是简短地说了句:这是很辛苦的。这句话的意义,我也还要再过很多年才理解。

一九八六年,我考上了先生的硕士研究生。对此,至今想起来,还是有一种令人难以置信的感觉:我是研究中国现代文学的,而我的导师竟然就是中国现代文学的参与者、当事者、见证人,一部活生生的中国现代文学史,鲁迅、郭沫若、茅盾的同路人。这种感觉真是无与伦比。

记得那年先生和师母带王宏图、林利平和我去西安开会。那时候的学术会议,吃饭是要自己想办法解决的。每到吃饭时分,先生带我们去觅食,一路上不断有人加入,队伍越来越庞大,最多时竟有将近二十人之众。最后当然一律是先生埋单。先生之豪爽、好客与爱友,远近闻名,播于四海。读书期间,我每周都要去先生家,每去必长谈,每谈必被留饭,而饭桌上也常吃着吃着就不断有新的造访者加入。事实上,先生复出之后,经济一直并不宽裕,微薄的薪水和有限的稿费是唯一的收入来源。

会后先生带我们在西安的大街小巷寻觅故居。当时先生头发尚黑多白少,精神矍铄,意气风发,步履迅捷,往往把我们甩在后面。但是他会不断停下,回头大声呼唤师母的名字,唯恐将她失却。先生说,当年他们在西安的时候,也就是我们那样的年纪,师母的头上还扎着小辫。师母还老是嚷嚷着要到延安去闹革命呢。

先生一生颠沛流徙,辗转多地,这也是他自己的选择。日常生活中他也爱散步行走,即使接近九十岁高龄,还能常在复旦的步行街看到他的身影。先生说,人是动物,不是植物。

一九九五年夏天,先生家的保姆因故回乡,家中一时无人照料，我自告奋勇，在家里陪先生师母住了三个月，朝夕相处，随时请教，这段时间是我一生中最难忘的时光之一。记得我第一次为他们烧饭，稀里糊涂，竟然自作主张一口气烧了四道素菜：凉拌黄瓜、炒青菜、蒸茄子、榨菜豆腐汤。先生一看就笑着说，吃忆苦饭哩。下回搞点肉吧，脑力劳动没有肉不行啊。先生说，二十世纪三十年代他因为参加爱国抗日学生运动，第一次被国民党抓进监狱，那时候还二十岁不到，血气方刚，吃饭的时候把看守送来的玉米面窝窝头和酱萝卜都扔在地上，大声嚷嚷说："我是政治犯，我不吃这种饭！"惊动了看守所所长，对他说："你想吃好的就好好说，不要摔碗。"不一会儿还真给他换上了白米饭、蛋花汤和荤菜。我说，那还是做政治犯比较舒服吧。先生说，未必，政治犯伙食待遇比刑事犯好，但政治犯可以不经审判随时枪毙，你说哪一个更舒服呢？

每天晚上就寝之前，先生都会把各个房间和大门仔细检查一遍，我不知道这是几十年上海生活留下的痕迹呢，还是因为饱受各种迫害和侵扰而对人身安全的格外珍视。

先生生于袁世凯称帝那年，年轻时自号"洪宪生人"，历经军阀混战、国民党专制、抗日战争，一直到中华人民共和国成立。在今天，经历过这么多时代的老人屈指可数，但是在每一个时代都像先生那样坐过监狱的人恐怕就再也没有了。

我喜欢听音乐，但是往往不耐烦听主题，却特别喜欢主题之间的过渡转折和走句。像肖邦的《摇篮曲》和莫扎特的协奏曲当中都有非常动人的经过句，优美尤胜主题。有人认为李斯特的作品从头到尾就是从一个经过句到另一个经过句。我想这是一种最好的褒扬。想想历史和人吧，过渡时期往往比其他时候更能显出历史的真面目。先生说他的一生就是从一个监狱走向另一个监狱，于是人生的真谛尽在掌握之中。

每当我结交新知，告诉人家先生是我的老师的时候，对方十有八九会立刻肃然起敬。做先生的学生，我常常有一种说不出来的骄傲。我理解，这种骄傲，还有别人的尊敬，并不仅仅是因为先生是硕师名人，更是因为先生的人格、铮铮铁骨、那种在难以想象的磨难面前展现的巨大的道德勇气。当别人选择了驯服、违心乃至出卖、变节的时候，先生选择的是真理、良心和对朋友的忠诚。无论经过多少风霜岁月,无论在哪一个监狱,没有谁能摧毁这种精神意志。

我相信,连死亡也不能。

乡村小学爱情

“文化大革命”中，我父亲辛丰年因为出身不好，被打成了“反革命”，开除党籍军籍，撤销一切职务，发配回他的老家南通监督劳动。我母亲当时因患癌症，在我七岁的时候就去世了。我和弟弟无人照顾，就寄养在常熟乡下的姨妈家。我一年级读的是江苏省常熟县辛庄公社橹浜大队民办小学。五个年级，三间教室，三位老师。

二年级的时候，父亲把我接到他身边。在那个叫南通县五窑公社砖瓦厂，他的工作是用大铲子把煤屑到泥土搅拌器里。要知道，光有泥土是烧不成砖瓦的。虽然是戴罪劳动，但乡民淳朴，那里的工人（其实也是农民）和干部对他还是不错的。我还记得每天下了班，吃了晚饭，父亲会带去散步，一路都会有人同他打招呼，父亲含笑作答。

我在那里读的是江苏省南通县石港区五窑公社中心小学。相比之前常熟的橹浜小学，这个就是我的伊顿公学了。好到什么程度？第一天去上学，看到每一扇窗户都是漆过油漆的，蓝蓝的，当时觉得太漂亮了。我在二〇一〇年回去，当年的教室还在，现在是学校的仓库了。

在五窑公社小学上二年级的第一天，我父亲要去砖瓦厂劳动，没有办法送我上学，他就托一个邻居家的五年级学生,让他带我去上学。我这里就管那个学生叫D吧,是窑厂会计的儿子。

后来很长一段时间,我都是跟他一起去上学,路途比较远,要走六七里路,路上要过三座独木桥。有一次下雨,一个同学就从独木桥上掉下来淹死了。

后来D去石港镇中学上学(这个就更高级了),上学我就一个人走了。

D最后一次和我同路,他拿出一个塑料皮的笔记本,请我把这笔记本转交给一个C姓的五年级女孩。他说,我们俩一起打球,一起参加歌唱表演,处得比较好。

等D不在的时候,我偷偷打开笔记本瞄了一眼,上面写着:

路遥知马力

日久见人心

字写得好漂亮。

我也不知轻重,就在下课人多的时候,把笔记本交给了C女孩,并把D的话复述了一遍。C女孩羞得满面通红,生气(也不知是真是假)地说:我不要,我不要。

我大概是硬塞给她了。

C 女孩是五年级某班班长,确实长得很漂亮的那种,D 也是面白俊秀,因为家境好,在农村里是鹤立鸡群了。当时就觉得他俩真郎才女貌,非常般配。可惜在那年头学校是绝对不许搞这个的,流氓才谈恋爱哪。

也不知道后来他们成了没有。

后来下雨天的时候,常常会有一个高年级的小姐姐来带我一起去上学。

所以我现在还一直有"御姐"情结。

谈到小学,就来说说我的初恋吧。

大家都看到,我现在微博上有不少粉丝,也算比较风光对吧?其实算啥呀,比起小学里我的光芒,现在简直连哭都哭不出来。

我小时候是学校里绝对的小王子,功课第一,体育第一,人品第一,相貌第一。

有一回,我在校园里看到一个女同学穿了花裙子(那年头,罕见),觉得很好看,就上前拉拉裙子(纯属好奇,绝对没有别的意思),那女同学回头怒目而视,可是一看到是我，立刻化作花儿般的笑容。

还有一回，老师安排一个女同学坐在我的同桌，那女同学朝我整整傻笑了半天，嘴都合不拢。

然后班上有个女同学，叫 L，小小的个头儿，精致的脸蛋，那个漂亮啊。成绩又好，她是学习委员，我也是学习委员，班上有两个学习委员。

她坐第一排，我坐第二排，那时候我们都是班上最矮的（我是到了初二才开始蹿个子）。开干部会，向老师汇报，也经常在一起。

然后两人就慢慢心有灵犀了，你看看我，我看看你，心里透亮透亮。当然嘴巴上是不可能说出来的，不敢说，不会说，不能说。可是眼睛可以说啊。

这就是二十世纪七十年代小学生的爱情。

同学们都不是傻瓜，心里也透亮着哪。

有一回中午我走进教室，看到黑板上并排写着我俩的名字。

真是又生气又害怕又甜蜜。

后来这事不知怎的，传到我父亲耳朵里了。有一天晚饭后他和我散步（我们每天晚饭后要散步一小时），他突然对我说,听说你和一个叫 L 的女同学很要好?

当时我特别保守,又知道大人很痛恨这种事的,听了快要昏过去,一句话也说不出来。

他说,今天我到镇上(公社政府所在地)去,有个人主动很客气地和我打招呼,说他是 L 的父亲,说你们很好。

——现在回想起来,那意思就是亲家认亲家了。

然后我父亲说,男女同学交朋友,这很正常,没什么。

——考虑到那个年代的背景,我的父亲,伟大啊。

到一九七五年,我爸被平反了,要离开五窑公社,要离开砖瓦厂,回城市了。我当然也跟他一起走。

在那之前,他已经被部分平反,我们也经常去南通市,探亲或路过。从五窑到南通,我们都是先往南步行一小时,乘渡船过河到石南公社,然后从石南公社坐长途汽车一个小时,到南通市。

但是这最后一次离开五窑,我爸鬼使神差,没有走通常的路线,而是往北,一直往如皋县(现如皋市)的方向走,到汉河轮船站,去坐小汽轮到南通市,这个小汽轮,很慢很慢,要开七八个小时。而且从我们住的地方到轮船站,很远很远。

我和父亲，走啊走啊，不知道走了几个小时，就在快要走出五窑公社的地界的时候，突然我看到前面路边有个小小的身影。

在这之前，我已经好几个月没有去学校了（那时候上课不上课也无所谓），也好久没有看到 L 了。

但是，鬼使神差，就在我要永远离开这片土地，离开她的最后一刻，她站在路边。

她腰边扎着一个很大很大的蓝印土布的花袋，就是像袋鼠的包包那样的。当地小孩去挖野菜、打猪草的时候，都是扎这个大花袋。显然这天正好她在为家里打猪草。可巧正好打到了我正要经过的那条小路的路边。

她呆呆地望着我，我呆呆地望着她，我说不出话，挪不动脚步。

父亲是个木头人，只会催我快点，他肯定不知道她就是她。

我快步跟上父亲，从她身边经过，一句话也没有说。

走出去很远，我回头，看到那个小小的身影面对着我，看着我，一动不动……

上面说的事，发生在我八到十一岁的时候，也就是一九七二年到一九七五年。

后来我就同父亲回到了南通城里，在中学里还是春风得意，处处拔尖，考到第二名会哭死。然后考了个江苏省状元上了复旦大学，然后又考上了一个很有名的老师的硕士。二十世纪八十年代的硕士还是很值钱的，我这个专业有五十个人竞争一个名额，考上后一个月可以拿到四十元工资，完全可以自给自足，自我感觉好到爆。母校南通中学那时候也以我为荣，请我回去给同学做英模报告，我当时那个得意啊。

有时候也会模模糊糊想起L：她现在怎么样啦？后来有中学上吗？家里会不会让她辍学？当地上中学的农民孩子都很少，要早早回家干活。女孩子也都很早结婚，如果能嫁给我爸劳改的厂里的窑工就是非常幸福啦。

也许曾经的花袋变成了背上的背袋，袋里是她的孩子……

荣归中学母校做报告的时候，竟然发现我在五窑公社育红小学的老师冯亚南在南通中学当代课教师。

这是我小学里最喜欢的老师，关于他也有很多故事，以后有空再讲。他是南通的插队知青，一表人才，风流倜侻，多知多学。绝对是我小学里崇拜的偶像。冯老师教过我们语文、数学、体育。他有个著名的预言：

——严锋同学在未来一定会成为我国著名的长跑运动员。

解释一下，前面我写到我小学里处处拔尖，连体育也拔尖。有些人表示不相信。但人不可貌相，你不能因为一个人今天肥胖油腻，就把他英姿勃勃的少儿时代也否定掉。一个从前农村小学里的孩子体育是否拔尖，其实和先天身体素质没有太大关系，更取决于那个孩子的心理素质。我那时非常好强，非常顽强。有一次冬天跑一千五百米还是三千米，其他孩子跑到一半的时候都顶不住退下来了，只有我一个人坚持到最后。我迄今还记得当时嗓子眼儿那种燃烧的感觉。还记得一个细节：我们当时穷，买不起运动裤，我跑的时候穿的是里面的棉毛裤，也就是今天所说的秋裤。

但是这条秋裤有一个问题，那就是当时的设计是前面有一个洞洞，方便小便的。

当时我把外裤脱下来后，才意识到这个要命的问题。你会说，没关系，里面还有内裤。但是——

我们小时候是没有内裤的。要么热天穿大裤衩子,要么冷天直接穿(有洞洞的)棉毛裤。道理也很简单:穷,省钱。

但我们的羞耻心和今天是一样的。那天情急之下,想了一个办法,就是把秋裤沿腰扭转了九十度,把洞洞移到靠腰那一侧。

但因为弹力的原因,洞洞会不断顽强地要回到它本来应该在的位置,所以我需要一边跑,一边关心着洞洞的状态,不停把它再扭过去。所以这次长跑,也成为我人生中最刻骨铭心的一次。

冯老师对我的那个要成为体育明星的预言,就是在我跑完之后做出的。很可能他注意到我有多努力,所以是一种安慰和鼓励。无论如何,他是一位好老师。

长话短说,冯老师见到我也很激动。冯老师告诉我,他后来考了南通师专,也回了城,现在暂时在南通中学教书。在那一刻,我产生了一种优越感:老师才大专,我可是硕士啊,硕士。

现在想想这种优越感真是很恶心。

我就开始向冯老师询问当年那些同学的下落,某某怎么样,某某某怎么样,我悲天悯人,不胜唏嘘。

一直憋到最后,终于,最关心的……

——L呢?

在那一刻,我脑海中闪现了一个面有色斑,手现青筋,袒胸哺乳的农妇的身影。

——啊,你说L啊。

冯老师对她的印象极为深刻,欢快地告诉我:

——她成绩太好了,后来到石港中学读中学,毕业考到北京一所大学,本科还没读完,就到牛津大学读博士去了。

从冯老师那里出来以后,我就告别了“五四”以来中国知识分子对中国农民的那种廉价的、温情脉脉的、居高临下的同情。

四遇莫言

一

我第一次遭遇莫言是在二十世纪八十年代中期。那时我在复旦读中文系本科,有一次听同学郜元宝说:你一定要读这个人的作品。于是就看了《透明的红萝卜》。一看之下,极为震动。熟悉现实主义的我们,才知道文学竟然可以这么写。同样写“文化大革命”的苦难,莫言走出了伤痕文学的控诉,反思文学的理性,他走向了空灵。他以奇幻的方式写“文化大革命”,如诗如画,而苦难并非被消解或粉饰,而是结晶凝固。二十年后,奇幻文学在中国文学的另一个领域大行其道,几乎成为主流,谁能说莫言不是那只先知水暖的鸭子呢?我们也终于等来了另一个以幻想方式来写“文化大革命”的人——刘慈欣!

看到不少人以为莫言是因诺贝尔文学奖而一炮走红,这真是令人为中国文学悲哀。莫言早就红过,可以说那时比现在更红,因为那个红不靠什么奖,靠的是二十世纪八十年代庞大而饥渴的文学人口。我也是文学青年中的一员,记得当时创作了一篇小说,写童年记忆,怎么得到一只橘子舍不得吃:橘子金光闪闪,芳香四溢,令“我”头脑迷幻，呼吸困难。我把小说开头拿给另一位同学包亚明看，他刚看了两句，就惊呼：这不是莫言嘛……

就此葬送了一个文学青年的梦想。

二

我见到莫言本人，是在一九九九年。那时候我在东京大学东洋文化研究所担任副教授。一天晚上接到藤井省三教授的通知去中国文学部参加莫言的见面会。那个会议室比较小，挤满了人。毛丹青先生也在场。我当时没有想到莫言口才如此了得，滔滔不绝，妙语连珠。他讲到在京都访问一家餐馆，老板和他谈得十分投缘，表示要推出一道菜叫莫言馒头。莫言说他小时候放牛，野外无人，饥饿难忍，唯有仰望天空，把白云想象成各种馒头——饥饿，孤独，大地，想象……文学的种子悄然萌发。我现在好奇的是日本老板的莫言馒头要是做到今天，可就大发了。这也说明，莫言的作品那时在日本已经有很多的翻译，相当大的影响。藤井省三教授是《酒国》的译者，他谈起这部作品，赞不绝口，十分推崇。我遇到的海外喜欢莫言的人，都是非常优雅细腻的学者,再比如哈佛大学的王德威教授。我一直奇怪他们怎么会喜欢充满暴力和粗俗描写，文字如野草般疯长的莫言作品。不过,按照缺啥补啥的理论,这也是可以有的吧。

要说莫言的作品粗鄙，这当然也是非常表面化的观点。在狂欢化的文字背后,他的感觉非常细腻和充满诗意。这方面,与其说是通常认为的拉美魔幻现实主义,恐怕更多的还是日本文学的启示。而日本文学界对莫言也并不陌生,据说这次推荐他的就是另一个诺贝尔文学奖得主大江健三郎。对川端康成这样的日本作家,莫言耳熟能详,心存敬畏,毫不讳言其影响。他曾经谈起在川端康成的《雪国》里读到了这样一个句子:“一只黑色壮硕的秋田狗,站在河边的一块踏石上舔着热水。”狗、踏石、热水,这些普通的景物,通过非同寻常的组合,获得了奇幻般的意义。这种手法,可以称为“感觉增强”,翻译成英文,就是“augmented reality”，如果你理解这后一个英文术语在今天的意义的话……

三

第三次相遇，是二〇〇二年在大连参加中国作家评论家座谈会，有较多接触的机会，会后还一起出游。当时正好读了他的《红树林》，觉得不堪卒读，就向他坦承体会。莫言果断地表示：你觉得不好就对了，这就是一部很差的作品。他说《红树林》原本就是作为电视剧来写的，就是为了赚钱，写的时候很痛苦，后来他再也不接这些活了。从对莫言的有限的接触感觉到他是一个实在人，有什么说什么，不矫饰。那次我也提到《红高粱》里的残酷场景有冯德英的《苦菜花》的影子，莫言毫不否认，他说冯德英是他最敬佩的山东作家，是他文学上的启蒙老师。他的这番话令我十分震动。冯德英的小说也是我小时候的最爱，当时是被严禁的"大毒草"，一书难求。相比较其他被禁的二十世纪五六十年代的革命文学作品，《苦菜花》代表了"文化大革命"前文学所能达到的性与暴力的巅峰，直指战争的残酷与人性的渴望，难怪会被点名重点批判。但是到了"文化大革命"后，冯德英那一代作家基本上被遗忘了。他们的后辈，从心底里是瞧不起这些饱受苦难的前辈的。莫言能为他们说话，不仅是出于厚道，更是能够正视过去的精神遗产，重新发现历史的延续性。在马尔克斯和福克纳之上，在川端康成之外，在寻根文学之前，还有连接于乡土、人性和革命的另一种传承。从冯德英到莫言，我们可以看到一根细弱隐约而又坚韧绵长的金线。

四

越往后，时间就越有快进的感觉。与莫言最近的一次长谈，是在二〇〇九年，他的《蛙》出来后。《蛙》确实令我觉得耳目一新。这依然是莫言，依然是他最熟悉的高密乡，依然是无尽的苦难、斑斓的感觉、恣肆汪洋的语言，但是莫言变得更加节制和内敛，在形式上更加精致圆熟。《蛙》中有集中而强烈的对“罪”的思考，这在中国文学中也是稀有的主题。一方面指出了赎罪的迫切必要，另一方面又向人们展示赎罪的极度困难。这与基督教的那种赎罪有很大不同，甚至更为复杂。《蛙》告诉我们：从来就没有什么救世主，人赎罪还是要靠自己，但是自己在赎罪的时候，他本身又可能会陷入新的罪当中去。放下屠刀立地成佛是不可能的。如此展现赎罪过程，不要说中国文学中没有，放在世界文学中，都是深切的思考反省。

感觉莫言越来越自信而沉着。二十世纪八十年代的时候，他有一篇著名的文章，叫《两座灼热的高炉》，谈马尔克斯和福克纳对他的影响，也谈到那种作为世界文学盛宴的迟到者的焦虑。这一次，我又提到这篇旧文，问莫言他现在怎么看这两座高炉。莫言说他现在已经没有那种被烫伤的灼热感了，当年之所以觉得炉子很高，是因为仰视的缘故。言下之意，当然是现在可以淡定平视了。

二〇一〇年七月二十九日，我发了一条微博："中国有几个作家在世界上是拿得出手的：莫言、韩少功、王安忆。如果他们有一天拿了诺贝尔文学奖，我一点都不会觉得奇怪。那是实至名归。"

实至名归。

四见老神仙

一

陆谷孙老师于二〇一六年七月二十八日下午去世，我听到这个消息的时候，刚刚从胃镜和肠镜的全身麻醉中醒来不到两个小时，人还有些恍恍惚惚的，不是太能反应过来。到了晚上，人完全清醒，翻看陆老师的微博，往事涌现，悲从中来。

陆老师名满天下，身后纪念如潮，从官方到民间，备极哀荣。我非陆老师学生，也非关系密切者。事实上，从一九八七年第一次见到陆老师，我在这近三十年中仅见过他四次，其中有两次还只是远远眺望，并无交谈。这普通得不能再普通的交往，却留下难忘的印象。

最早听说陆老师的名字，是在一九八二年考入复旦大学中文系后。我最初是报考外文系的，后来因故改投了中文系，但是对学外语还是有强烈的兴趣，对外文系更是有一些爱而不得的特殊情结。当年复旦外文系绝对是大牛云集：林同济、杨岂深、杨烈、伍蠡甫、徐燕谋、葛传槼……个个令人仰望，随便哪位在今天都可以成为镇系之宝。陆老师是他们的后辈，但我从一开始就把他归入外文系大师群,是因为我得知他是《新英汉词典》的主要编纂人之一。

在词典多如牛毛且唾手可得的网络时代,年轻人可能很难想象一本英汉词典在当年对我们的意义。“文化大革命”后,英语开始变热,各种英语讲座、学习材料和读物纷纷涌现,人们求学若渴。但是问题来了,无论你是什么水平的英语学习者,都需要一本收词丰富、权威可靠的英语词典。《新英汉词典》就是当时国内唯一像样的英汉词典。没错,在这之前还有郑易里先生主编的《英华大词典》,但那完全是由一本英日词典照搬过来的,把原文中的日语全部替换成了中文,而且初版于一九五〇年,一九八四年才重新修订再版,在这之前根本无从寻觅。当年有一个光华出版社,影印了大量的国外资料,包括不少英语词典,我在上海福州路外文书店楼上“外国人禁入”的门市部里就买过不少。但是这些词典中,后来红透天的《牛津高阶英语词典》和《朗文高阶英语词典》其实侧重于搭配和惯用法,收词有限,阅读稍微深一点的原文就派不上用场了。影印的原版词典中,有一本《简明牛津词典》,虽然名字低调,其实非常权威,而且词汇量大,释义也精当,但遗憾的是解释用的词一点也不简明,往往比词目还艰深,所以其实不适合学习者。这本《简明牛津词典》,最初的主编是大名鼎鼎的语言学家福勒兄弟，葛传椝先生还是印刷厂学徒的时候，给福勒先生写信,指出了《简明牛津词典》的几十个错误，福勒给葛先生回信,虚心接受,并对其英语大加赞赏,成为一时佳话,葛先生也因此一举成名。顺便说一句,葛先生也是《新英汉词典》的编纂者之一,而陆老师又是葛先生的学生。说来说去,在当时能够到手的英语词典中,能看懂的收词少,收词多的看不懂。收词既多而又能看懂的,就只有《新英汉词典》了。据出版社的人说,到今天,《新英汉词典》总共销售了一千四百万册。

二

一九八四年四月三十日下午，复旦发生了个大事件。美国前总统里根来到复旦。在复旦,里根主要做了两件事。一是在相辉堂发表演讲。关于这个演讲,至今我记得两句话:“We love peace. We hate war.”(我们爱和平,我们恨战争。)里根在复旦做的另一件事,就是与谢希德校长到三一〇八教室听陆老师的莎士比亚课,然后对学生做了简短讲话。对这两个事件,我们都难以忘却,因为除了被挑选了去相辉堂和三一〇八的学生之外,其他人都被命令在自己的宿舍听直播,不得出门。

我第一次真正见到陆老师,是在一九八七年外文系召开的一次西方现代文论的座谈会上,地点在相辉堂斜对面原来外文系的老楼里,参加者有陆老师、张廷琛老师等人。当时正是西方文论热,我是中文系研究生,也趋之若鹜,还凭着一知半解,在会上大放厥词。具体究竟讲了些什么,今天都记不得了,只记得是对德里达的解构主义展开猛烈批评,还记得一边讲一边偷看老师们的反应:其他人都不以为意,只有陆老师微露惊异的目光,全程关注倾听。很多年后,我在微博上向陆老师谈到这次会议,陆老师说记不得了。老师当然不可能记得所有不认识的学生的发言,但学生却一定会记得所有老师关注的表情,还会记得老师当天穿白衬衫,风华正茂,英姿勃发。

一九九四年,我博士毕业留校工作,住在十一宿舍青年教师公寓。我喜欢自己开伙,经常去国年路买菜。当时国年路整条路都是露天菜摊,市声喧哗,生活气息浓烈。我最喜欢去五教旁边一位老太太的摊位买油面筋塞肉,最初还是王振忠兄指点我去的，肉鲜味正，回来放在清水里煮一煮就是很好的汤了。有一次，我正在那摊位，猛然发现陆老师也拎着菜篮子出现在身边。此时的陆老师，已经是复旦大学杰出教授，《英汉大词典》主编，声名鼎盛，拿了数不清的奖项和荣誉。我的偶像，与我肩并肩拎着菜篮子一起买油面筋塞肉，那真的是乔伊斯意义上的“顿悟”（epiphany）场景，永生难忘。

在国年路露天菜场还见过许多复旦知名教授，比如姜义华老师，当时是复旦人文学院院长。我当时担任人文学院电脑中心主任，姜老师是我的顶头上司。有一次我申请香港太古奖学金，请姜老师写推荐信。姜老师先写好，我翻译成英文。我对姜老师说，我是中文系出身的，怕这个翻译不过关。姜老师说，没关系，我带你去见个人，请他改。他就把我带到了复旦第九宿舍陆老师家。进门拿出信来，陆老师一口答应，当场就在我的译稿上改了起来，一边改一边讲述理由。记得推荐信原文有一句“他在文学与其他艺术比较的领域崭露头角”，我不知道翻译成什么。陆老师说，这个地方可以翻译成“budding talent”。这 budding（正在发芽的）一词，动感十足，令我佩服不已，深深领教真正行家的语言功力。后来,我会抓住一切机会,把 budding 以及其他诸如此类的词尽量用上去。

三

时间一晃,到了社交媒体的时代。我上了微博,与陆老师嫡亲的弟子朱绩崧(微博名:文冤阁大学士)时有互动。有一天发现陆老师也在大学士的帮助下开了微博,微博名“陆老神仙”。我欣然转发,新浪方面发现以后,如获至宝,请我转告恳切希望为陆老师实名认证,也就是所谓加 V 的意向。陆老师慨然同意,他就是这么个非常好说话的人。我真的要感谢微博,陆老师因此得以在人生最后的阶段,在一个全新的虚拟空间,开辟了一个前所未有的课堂,以他一辈子练就的精深学养,直接向千千万万的学生提供现场辅导和答疑。

有一段时间,陆老师几乎每天晚上都泡在微博上,回答那些无穷无尽的问题:

——“叽叽歪歪”怎么用英文说呢?还有类似的

“碎碎念”？

——bitching、belly-aching 等等。

——“忽悠”怎么译？

——可供选择的词：addle、baffle、bamboozle、befog、befuddle、bewilder、buffalo、confound、discombobulate、disorient、flummox、fox、fuddle、gravel、maze、muddle、muddy、mystify、perplex、pose、puzzle 等。为中国特色造个仿音的 to“hood-you”(to be fuddle)如何？

——陆教授，常听人说“这个人很大气”“这个名字很大气”，“大气”用英语怎么说？谢谢。

——(另一网友抢答)赞成 magnanimous！通俗一点儿说 lofty、elevated、kingly 可以不？

——除去 kingly，改用 munificent 如何？又嫌难？

——陆老师，请教一下“勤工助学中心”英文应该怎么翻译呢？我们的勤工助学中心到现在都没有一个正宗的英文名称……谢谢您！

——Student Part-time Job Opportunities Center?

——(另一网友追问）为啥还要加个 opportunities? 国外的工作介绍中心也就叫 job center 了，我觉得 Student Part-time Job Center 就可以了啊。

——因为想到美国的 JOBS =job opportunities and basic skills。

——敢问陆老，“中午不睡，下午崩溃”怎样才能翻得既简练又文雅？

——No nap at noon, and you collapse p.m.

——(另一网友试译)No nap at noon, no brain afternoon.

——好。

还有“地沟油”“剩女”“傲娇”“笑傲江湖”“草民”“卖萌”“普通青年”“文艺青年”等，各种社会热词、网络俚语、翻译难点、莎剧问题、学习困惑，千奇百怪，陆老师都是来者不拒，有教无类。更兼耐心讲解，循循善诱。他在给出答案的时候都会加一个问号，也会引得更多的人来加入讨论，把问题越滚越大，而他在这些讨论中也是劲头十足，从善如流，充满好奇学习的心态。对社会各界人士把他当成免费人肉翻译机，他也是不以为意，能帮则帮。

我也是这千千万万学生中的一员，这真是天赐良机，多年梦想，一朝就在眼前，当然不能放过：

> 从前学习英文版的《纪念白求恩》，其中还记得一句。“一个脱离了低级趣味的人”，翻译成“a man above vulgar interests”，当时就觉得这个“above”用得真是地道。难道是钱锺书先生手笔？@陆老神仙以为如何？
>
> 锋兄：那可能是足下学英文之初？这用法应当说是比较普通的吧？倒是“A fall in the pit, a gain in the wit.”（吃一堑，长一智。）倒有点“钱派”手笔的味道。

有一天，我走在路上，突然想到“不求同年同月同日生，但求同年同月同日死”的一个英语翻译“Live alone, die together”，正合美剧《迷失》某一集的标题，忍不住赶快发到微博上向陆老师嘚瑟。陆老师马上就回复了：

——佳译啊!

还有一次,报纸上开展沪语是否会灭绝的讨论。我用沪语朗诵了一段普希金的《致大海》,陆老师点赞:“Bravo,锋兄!音色也美!”我受到鼓励,一口气又录了苏州话版、扬州话版、南通话版,陆老师一一听来,认为扬州话版最佳。最后,我录了伦敦话版,陆老师听过之后发了一条微博:

——真是呒么闲话刚了!可到英文系来教语音。

四

我从小喜欢学外语,可惜一开始家中除了一套老的《英语学习》杂志,别的几乎什么都没有。“文化大革命”后条件好一些,但也没有今天那些铺天盖地的视听材料,更不可能出国,主要靠听广播讲座,看光华出版社的学习材料,还有就是《新英汉词典》。几十年后,能得到《新英汉词典》编纂人陆老师的这句评价,当时心里只有一个感觉:得偿平生所愿。

陆老师这辈人,学英语的条件其实比我们还要差。据他本人回忆,他十七岁才开始学英语,四十岁才第一次出国,最初的语音材料只有一套古老的灵格风唱片。一九八五年,陆老师在加州伯克利访问,他的一个朋友格林布拉特是新历史主义的领军人物,请陆老师到家里吃饭。格林布拉特在厨房里面做菜,陆老师在客厅里面跟他的美国朋友讲话,结果格林布拉特出来说:我在厨房里做菜,听你们对谈,一点没听出来这儿有个外国人。

有一次,我在微博上讲到赫曼的《战争风云》,网友让推荐更多与二战有关的书籍, 陆老师推荐了安布罗斯的《公民士兵》,写诺曼底登陆到德国投降。我说没看过这本书,陆老师马上就说送你一本原版的。陆老师就属于那种一言既合、千书散尽的人物,无论接受对象亲疏远近。还有一次,他忽然想听《日瓦戈医生》插曲,我也赶快找了发给他。现在回想起来,那段时间能够向从来只能远眺仰望的老师朝夕请教,快乐互动,真是在微博上的好时光。

然而,好景总是难以持久。二〇一二年初,陆老师邀请我参加他主编的《中华汉英大词典》的审稿会。一见面,陆老师问我为啥最近不上微博。我说被新浪封了账号，因为我转发了朋友的一条微博，讲朋友的老板在国外旅行，遇到了奇怪的事情。某些人认为这条微博是造谣，就这么把我的账号给封了。陆老师听了非常生气，说这实在太荒唐。回去以后，我看到陆老师发了这么一条微博：

开会遇严锋兄，说是微博被新浪封了，无怪乎近日少见。鄙人上新浪之初，不谙门道，多承锋兄点拨。新浪要给我加V，还是锋兄推毂。鄙人上微博再过二十几天就满一年，眼见新浪兴衰，锋兄既去，我也准备无限期退出。

我一见大惊，也非常感动。忙发信给陆老师，劝他不要为我而退出。然而陆老师一言既出，去意已决。反而是我，过了一段时间被新浪解封，又忍不住回到微博，虽然依旧热闹，但风景已然不同。陆老师从此除了偶尔的转发以外，真的很少回来了。

陆老师的最后一条微博，是二〇一三年十一月二十日，转发盛韵采访他的《陆谷孙谈中国人学英语》，登在《上海书评》上。转发只有这样几个字："五十年啦……"这条微博下有一千多条评论，都是网友对陆老师的纪念和感谢。陆老师的微博有三千四百二十条，这些文字，将与他呕心沥血编纂的词典永世长存。

哈佛是怎样炼成的

李欧梵先生送我一本新著:《我的哈佛岁月》。我几乎读过欧梵先生的所有文字,但手头这本书对我个人来说有特殊意义,不舍得一下子读完,每天读一点,而且一定要躺到床上,细细品味。读一段,闭上眼,回想一下,印证一下,神往一下,发呆一下。

特殊意义何在?我到哈佛做过一年访问学者,其中有五个月与欧梵先生在哈佛的最后一个学期重叠。当时季进兄与我奔走于欧梵先生门下,常与先生师母共出没,从课堂、办公室,到 COOP 书店、马来西亚饭馆、意大利餐厅,再到 Beacon Hill(灯塔山)、波士顿音乐厅、韦尔斯利学院。想想看吧,自己崇拜多年的学术大明星就在身边,每每妙语如珠而又和蔼可亲,随意平和,大家吃喝玩乐,言笑晏晏,那种其乐融融的感觉,至今常在心头盘桓。

哈佛,这个词在今日的中国红得发紫,热得诱人。随便跑进哪家书店,必能在畅销书那一档里找到几本题目中有“哈佛”字眼的。我无意在此对那些热炒哈佛的书说三道四,只有一个忠告:如果你真的想了解一个真实的哈佛,还是先从欧梵先生的这本书入手吧。有多少人比他更有资格写哈佛?八年的博士生涯,两年的访问教授,十年的终身教授，这座知识大本营的上上下下，角角落落，方方面面，可以说是被欧梵先生细细地捋了个遍。其间的冷暖甘苦，丰富滋味，细腻感受，杂以各种内幕秘闻，关节诀窍，着实令人大开眼界。

欧梵先生的风格，是进得了哈佛，也出得了哈佛。正所谓“入乎其内，故能写之；出乎其外，故能观之”。既有一往情深的倾诉，也有毫不客气的批评。他本来就是一个世界的漫游者，心属自由，笔走轻灵，到了退休的年龄，更是大彻大悟，了无滞碍。有一次在哈佛漫步的时候，我告诉欧梵先生，他正在成为白领的最新偶像，他闻之微笑道：已经听说了。既无骄矜之色，也不会一味自谦。在讲述自己的哈佛故事的时候也是这样，既有金榜题名，美人相伴，过五关斩六将的巅峰时刻，也讲自己食不果腹，考试拿 D 的走麦城经历。

欧梵先生是性情中人，他说在做研究生的时候，喜欢到蕾克列芙女校的图书馆去读书，而醉翁之意存焉。我记得《爱情故事》中的男主人公巴雷特也有去同一图书馆读书的习惯，终于演成一段绝美的爱情故事。去年的暮春时节，落英缤纷，欧梵先生和李师母带我们几个朋友来到韦尔斯利学院。我们走进一幢女生宿舍,欧梵先生突然说,这就是他当年与该校名媛约会的场所。大家都相视而笑,共觉不虚此行。

其实我和欧梵先生还有一层渊源。他本科读的是芝加哥大学,在芝大又长时间教书,有一条从芝大到哈佛的人生轨迹。我呢,是在芝大教了一个学期的书之后再到哈佛。所以见到欧梵先生的时候,芝大与哈佛的比较便成了最初的话题。在芝大的时候,感觉到那里的老师学生全不把哈佛放在眼里。我虽属客卿,却也沾了点美国中部的傲气。到哈佛后,横挑鼻子竖挑眼,净往哈佛令我感觉不如意的地方看。欧梵先生对此表示理解。他自己的书里就写道,他常对朋友说:“哈佛有什么了不起,芝加哥大学就比哈佛好!”这种态度是对世上任何过于庞大的权势和名声的本能的抗拒,也是对弱势者道义上的声援。

当然要把芝大说成“弱势者”未免有点滑稽,芝大在很多方面是足有向哈佛叫板的实力的。欧梵先生说,芝大是一所中古的修道院,他在那里理论意识得到很大的强化。而哈佛呢,比较保守,一贯注重史料。故欧梵先生在从芝大到哈佛的过程中练就了一身左右互搏、内外兼修的上乘功夫。而且他对理论自有一套“冰冻”的冷却理论，意在引而不发，潜龙勿用，待其厚积之后自动溶解溢出。联想到当下国内生吞活剥、急于求成、滥用误用各式“理论”的狂潮，我很希望欧梵先生的“冰冻”说能够把它冷却一下。

批评归批评，欧梵先生最后还是选择了哈佛。在他看来，哈佛有财大气粗、自命不凡的一面，但更有多元共存、兼容并包、尊贤爱才的一面。哈佛把欧梵先生挖过来，是花了大本钱的。来了以后，也能尊重他的意愿，给他足够的空间运转发挥。士为知己者死，欧梵先生本来就是学者型的文人（或文人型的学者），所以写着写着，笔下自然而然流露出脉脉温情。欧梵先生的退休仪式，我有幸目睹，校方真的是大动干戈，流水席连开三天，各路英豪从世界各地飞来，全是哈佛埋单。我本来以为全世界只有中国的教师退休才会大吃大喝，没想到哈佛更厉害，从教授俱乐部一直吃到“厨师张”（波士顿一家烤鸭店），很过瘾。吃饭倒还在其次，里面透露的人情味道还是蛮浓的。所以我在离开哈佛的时候，对它的坏话也就越说越少了。

哈佛固然有钱，但光靠钱是绝对堆不出哈佛来的。欧梵先生讲到哈佛校园文化的一些细节，像校务会议、毕业典礼、宿舍活动,其中的人文气息着实令人神往。比如他曾经给哈佛校长 Rudenstein 写了封信,对方立刻回信,而且用手写几行,并把“李教授”涂掉,改写成 Leo,以示亲切。这位校长在任期为哈佛募到几十亿美元捐款,但是开会的时候毫无威风,很客气地请各位教授发言。他还能叫出许多教授的名字,这是当校长的必备条件。不知怎的,我看到这段,就突然想起当年的北大校长蔡元培老先生。并接着想,什么时候我们的校长也能够放出这等身段,我们的大学也就一定离哈佛不远了。

说起自己的授业恩师,欧梵先生更是无限感怀。这大概是全书最让人大流特流口水的地方了。这些老师最令人敬佩的,不是他们的学问(当然他们都毫无疑问是学术上的泰山北斗),而是他们对学生因材施教、宽严相济、威情并重的传道授业精神。欧梵先生讲到他做研究生时,血气方刚,在费正清先生的课上大放厥词,猛烈开炮。而一贯严厉的费先生不以为忤,露出笑容,表示虚心接受。费先生每星期请学生到他家参加茶会,还带研究生到他的避暑山庄小住。一到那里,他就带学生出去砍柴,体力劳动数小时。有一次他还率先跳进一个泥泞的小池塘,要大家洗一个

“自然澡”。

其他师友之间,也多有相敬相佩之情。书末专附一章讲原哈佛燕京学社社长韩南先生。韩南先生在国际上学术威望极高,而为人谦虚腼腆,以致在自己的退休会上,不到台上受拜,却自愿和学生在一起,提交论文一篇。我在哈佛的时候,曾经到欧梵老师讲晚清物质性的讨论课上去混过一个学期,目睹韩南先生每课必到,认真听讲。韩南先生有七十多岁了吧,面目慈祥,声音温润,一望而知是个极有修养的大好人。他和我们坐在一起,发言不多。一般总是在欧梵先生向研究生提了个棘手的问题, 学生吃不住劲了,场面有点僵的时候,他会从容接过,让那个球继续滚下去。正所谓夫人不言,言必有中。我常常会盯着韩南先生盯着欧梵先生的眼睛发呆。看着看着,我就想起几年前参加的一次在上海音乐学院举办的罗斯托罗波维奇的大师班,台上老罗在讲, 台下的小泽征尔也是用同样纯真的眼神看着他。我想,《雪山飞狐》中的苗人凤看胡一刀时,眼中应该也是差不多的神色吧。

我们呢,今天还有这样的眼神吗?我从小是个愤青,民族主义情绪浓烈,到今天对美国的从物质到精神的诸多方面也是毫不以为然。更何况祖国建设日新月异，与世界已经非常接轨，足令我在国外的时候有强大的自信。但是，当我看到韩南先生那个专注的眼神的时候，我还是忍不住头皮发麻，两腿发软。

是的，我们同人家在任何领域的差距都已经大大缩小了，但是教育方面的差距怎么样，也缩小了吗？现在，到处都在争创世界一流大学，国家大量投资，校园里建起了摩天大楼，豪华设施，漂亮风景，论文专著更是逐年以指数级递增，所有的数字和指标都看上去很美。照这样热辣辣的劲头干下去，我们离世界一流大学的美妙目标是否就越来越近了呢？

还是先看一看《我的哈佛岁月》再说吧。

教堂是怎样筑成的

一

二十世纪七十年代末，国内有一本极受欢迎的杂志，叫《世界之窗》，介绍各国的风土人情、新闻时尚，销量有几百万册。那时根本就没有什么互联网，国门乍开，信息渠道十分狭窄，该杂志几乎是了解其他国家唯一的途径，当红畅销在所难免。《世界之窗》每一期里面还会摘译缩写一部西方的惊险小说，这是亮点中的亮点，也是我还有其他很多中国人最早接受同时代世界级畅销书的管道了，那种新鲜热辣的刺激，至今犹在心头。最难忘其中缩写过一本名叫《针眼》畅销书，作者是肯·福莱特，写二战诺曼底登陆战前，盟军大布疑兵，伪造登陆地点，结果被希特勒的一个超级间谍识破，谁能阻止他改变历史的方向？

故事十分精彩，却也留下十分的遗憾，因为一部长篇被缩写成十几页，让人难以尽兴。当时忍不住想，什么时候能够读到原书就好了。没想到改革开放的速度实在惊人，过了两年，我和几个中学同学相约去上海旅行，逛到福州路外文书店的楼上，误打误撞一头闯进一个写着“外国人不得入内”的所在，里面尽是一个名为“光华”的出版社“出版”的外文原版书，其中就有《针眼》。

想来这也是天意了，当然毫不犹豫地买下。回到家乡以后，一时也没去看，因为当时英文水平有限，看看简写本还可以，看原文足本就困难了。有一天放学回家，看到我父亲辛丰年正捧着《针眼》看得起劲。这有点奇怪，因为我相信父亲对任何“畅销”的东西，都是没有兴趣的。到了晚上，他完全没有放下那本书的意思。到了第二天，他看完了。这本书写得非常吸引人，父亲对我说，“就是太黄了”。父亲的遗憾，立刻转化为我学习英语的强大动力。我花了整整一个月，连猜带蒙，活生生把这本书硬啃了下去。这是我平生读完的第一部英文小说原著，翻到最后一页的时候，只觉得自己有一种突飞猛进、脱胎换骨的感觉。

到了二十世纪八十年代，西方通俗小说的翻译就多起来了，陆续又读了福莱特的《吕蓓卡密钥》和《圣彼得堡来客》，都是让人欲罢不能，必须一口气读完的惊悚题材。也就慢慢知道福莱特是英国头号畅销书作家，作品全球销量超过一亿册，那时候J.K.罗琳还没出来混呢。

前几年在美国的时候，常常到书店里去逛。有一天一眼看到一个熟悉的作者名字，福莱特。可是书名却是陌生的:《圣殿春秋》。越翻我越吃惊,这不是我所熟知的福莱特的间谍和惊悚题材,风格与他以往的作品非常不同,将近千页的超级长篇,写的是十二世纪的英国人,用五十年的时间,在一个叫王桥的地方,造了一座教堂。

福莱特写中世纪造教堂,而且写了一千页,这太不可思议了啊。好奇心让我忍不住买了一本回家细读,看看他葫芦里卖的是什么药。这一看不得了,昏天黑地,夜不能眠。首先,这是一部惊悚小说家写的"严肃"文学,一部真正意义上的历史小说。其次,这部"严肃"小说比他的"非严肃"小说还要引人入胜。事实上,福莱特自己也说,这是他最心爱的作品,是他最成功的作品,也是他最畅销的作品。

二

小说一开始写十二世纪一个叫汤姆的建筑工匠,一生最大的梦想是造一座大教堂。这主要是出于生计的考虑,那是个野蛮残暴、兵荒马乱、天灾人祸的黑暗年代,怎样才能努力让自己和妻子儿女活下去,是普通人面临的最大问题。那时候要盖个大教堂,可不像今天我们造住宅小区,几个月就可以搞定,那是需要几十年的光阴,差不多可以提供一辈子的稳定口粮，对汤姆这样手艺高超的工匠来说，绝对是个理想的工作。我特别喜欢汤姆这个人物,因为从小最佩服的,就是各种各样的手艺人:铁匠、皮匠、木匠、泥瓦匠、裁缝……他们诚实敬业而又聪明手巧,我们这个世界,在很大程度上是他们创造出来的。

全书散布着各种中世纪建筑工艺的细致描写,从蓝图的设计、石料的开采、不同工种匠人的管理、行业的规范，到建筑的样式、门框的工艺、立柱的配置,各式各样的细节,应有尽有。这正是对现实主义的伟大传统的延续,老黑格尔曾经称赞《伊利亚特》中火神兼匠神赫菲斯托斯替阿喀琉斯打造盾牌的著名场景。“二十只风箱对着坩埚吹呼，喷出温高不等的热风,效力于忙忙碌碌的神匠,有的亢猛炽烈,顺应强力操作的需要,有的轻缓舒徐,迎合神匠的愿望。工作做得井井有条。”看起来,这些描写是节外生枝,与情节主线无关,但是黑格尔说,一切真正的史诗对于家庭生活、社会风俗、劳动技艺都要描绘出完整的图画,因为这些都是民族精神意识的表现形式。

如果你对现实主义或老黑格尔毫无兴趣，那也没关系，这些对中世纪的职业的描写依然会吸引你，因为福莱特可不完全是出于对荷马的敬意才花上这些笔墨的。小说中的这些描写总是和情节的发展紧紧结合在一起，甚至，它们就是情节的一部分。倒霉的汤姆空有一身绝艺，既生逢乱世，自己又是时乖命蹇，灾祸不断地降临到头上。他用尽一切谋生手段，拖着一家，穿过一个个森林，来到一个个城镇，别说造大教堂了，就是要找到个替人加固房顶的临时性工作都十分艰难。小说写尽了一个中世纪的父亲，要为自己的妻儿努力打拼，想出一切办法不让他们挨饿的卑微努力，彼心彼情，和将近千年后的我们，是一样的。在连续性的失败后，他来到巴塞洛缪伯爵的城堡，向管家求一份低下的工作，遭到断然拒绝。绝望中，汤姆从技术专家的角度，向管家指出城堡在建筑上的一大堆缺陷，这些弱点将会成为防御上的重大缺陷。旁边的伯爵一听就明白了，立刻雇用了汤姆，因为他正在策划谋反，战争迫在眼前。

可见，在任何时代，手艺不是万能的，但是有手艺的，总是比没手艺的，机会要多那么一点。

三

汤姆的飘泊,来到一个终点,那就是王桥修道院。在这里,他遇见全书的另一个主人公,王桥修道院副院长菲力普修士,他们一起来打造一座大教堂。菲力普笃信上帝,品德高尚,充满同情与爱心。但这种信仰不是抽象的,更不会像《玫瑰之名》中的威廉一样总是在与人进行没完没了的神学讨论。菲力普是一个有信仰的人,也是一个实在人。对菲力普来说,信仰上帝总是体现为很现实的行动,比如修一座大教堂。为什么要修呢?也很简单,因为原来的教堂被烧掉了(为何被烧是全书的一个关键情节,这里不做剧透)。

作品从菲力普的角度,写中世纪一座修道院的内部管理,同对汤姆手艺的描写一样,也是细节丰富,让人大开眼界。这里面没有任何神秘的宗教气息,倒是更像一个公司的运营,有派系斗争、权力的实施、规章的确立,也许更重要的是精打细算的财务管理和收支平衡。菲力普是一个非常能干的人,他把他的修道院管理得井井有条,但是一场大火几乎把他推向绝境。这时候,从天而降的汤姆就有点像是上帝派来帮助他的建筑之神了,怎么能够拒绝呢。汤姆向菲力普描述他的重建计划,堪称经典场景。这一段长篇大论,浓墨重彩,汤姆胸有成竹,从容自信,尽显匠神风采,而菲力普则被一步步吸引,在憧憬中心醉神迷。这一段也让人不禁想起《越狱》中的史高飞向他哥哥林肯描述逃出狐狸河监狱计划的场景。史高飞和汤姆一样,也是一位出色的建筑师,技术是他们求生的共同法则,这也许不完全是巧合。

汤姆的设计比原先的教堂要宏伟得多,这里面当然有他的私心,可以把工期拖得长一点,确保全家的长期生计,但这也是无可指摘的吧。就菲力普而言,把教堂搞大,当然更是不坏,可以扩大影响,可以吸引更多的百姓。但还有其他一些东西, 这里面有一个工匠对自己手艺的骄傲和期待。菲力普问汤姆为什么渴望造一座大教堂,汤姆回答说:“因为它很美。”

还有其他的原因,大家自己去寻找吧。这部小说不简单的地方,就是任何事情并不只有一个原因,也并不只有一个结果,构成了一张巨大的因果的网络。起点总是很简单,结果却很不简单。动机很现实,意义在过程中不断丰富,不断超越。如此说来,这个教堂的营造就有点不一般了,这世上的很多事情,其实都是这样的呀。

蓝图很好,现实却要残酷得多,有财政的问题,有来自教会更高层的阻挠,还有王位变迁,军阀混战,都给建筑工程平添了各种障碍,乃至毁灭性的打击。从这里开始,大教堂的营造被嵌入一幅广阔的十二世纪历史画卷。

四

与大教堂的命运关联的诸多人物之中,巴塞洛缪伯爵之女阿莲娜的命运着实扣人心弦。汤姆修得了她家的城堡,却挡不住伯爵的覆灭之命。小说描写阿莲娜被凶暴残忍的世仇威廉·汉姆雷强暴的一段, 可能会令国人产生强烈不适。我们都习惯了各种童话中的英雄救美,公主遭遇恶魔,千钧一发之际王子从天而降,从此幸福地生活在一起。但是这里却没有什么王子,只有最令人发指,最让人难以忍受的现实。此段描写在西方读者中也引起争议,有人认为没有必要以如此直接的方式冒犯读者。可我们不要忘了,这是十二世纪,一个极端暴力和野蛮的年代,战火连绵，法律无存，人命危浅，妇女更如俎上之肉，何以摆脱被宰割的命运？

从来就没有什么救世主，王子更是等不来的，就是等到今天也不会出现。但这不是结局，更不是一切，阿莲娜擦干自己的眼泪和血迹，不是投河上吊，而是下决心复仇，光复家业。从某种意义上来说，这也是一个重修"大教堂"的计划，包含了罪孽、堕落、拯救和重建。这个重修的伟业，靠的是个人坚韧的意志、不屈的精神，与菲力普和汤姆的工程实有异曲同工之妙。这就是无边罪恶中的善，无尽黑暗里的光。

我们常常骄傲自己历史的悠久，史官文化的丰厚。这些年来从小说到网络到影视，从戏说到正说到歪说，历史题材汹涌澎湃，滔滔不绝。但是请仔细看一看，我们对历史的追捧，迷恋的是些什么？其实大抵就两个字：权术。以史为鉴，说得好听，其实鉴的不出宫廷政治、官场技能、尔虞我诈。在这些热门的历史作品中，人在哪里？人性在哪里？人心在哪里？

看看《圣殿春秋》吧，你也可以说这不过是一部商业化的畅销小说，充斥着阴谋、暴力和性。但是这里面有些东西，是我们缺少的，甚至是在我们的所谓“严肃”作品中，那就是建造。上帝可以是假的，天堂可以不存在，但教堂是可以造出来的。在建造的过程中，完善的是工艺，收获的是人心。

泪是检验文学的唯一标准

我是一个研究文学的人，在同行看来，我的阅读习惯是非常变态了。家中每月购买的、赠阅的各种文学作品堆积如山，我视而不见，却常在各大手机、笔记本和PDA论坛寻找阅读的方向。信不信由你，我这些年来读到的最有趣的书，都是在那些数码论坛里发现的。

所以，当几乎所有的手机、笔记本、PDA论坛都在推荐一本叫《山楂树之恋》的小说时，我也就忍不住下载了一个电子版。我深更半夜在床上一口气看完，流下了眼泪。我已经不记得上一次看小说被感动是什么时候了。这年头，文学似乎已经注定与感动无缘，泪水早已被视为肤浅和浮夸的代号，作家们要么玩世不恭，要么深刻得可怕，根本不屑（其实我怀疑是无力）描写任何真挚的情感。而读者呢，也是刀枪不入，水火不侵，一副见棺不落泪的铁石心肠。

眼前这部作品着实唤起了我从业以前久违的心情。我擦干眼泪，立刻到书店里去买了一本传统的纸张版作为纪念，同时吃惊地发现它其实早已热到发烧，看来还是人同此心，心同此理。一个网络上的业余作者，一个简单而又老套的陈年故事，在文学飞速滑坡的年代重新激起了许多人对文字的激情，凭的是什么？

好像不是因为情节。一个叫静秋的女中学生——那个年代的女中学生在很多方面相当于现在的大学毕业生，在另一些方面又相当于现在的小学生——下乡支农，遇到一个叫老三的勘探工人，两人差不多是一见钟情。那时候的一见钟情与现在差异很大，不可混淆，但是一些重要的基本面还是相通的。然后静秋回到了城里，老三常常去看她，其间有一些小儿女的常态，像误会啊，赌气啊，重新和好啊什么的。再后来，老三得了白血病，死了。

写到这里，我已经犯了时下的大忌：剧透。不知道从什么时候起，我们的书评、影评、剧评一律向美国看齐，很“人性”地对关键情节，尤其是人物的生死三缄其口，唯恐毁掉了读者的惊奇和快感。我曾经在《达·芬奇密码》的书评中稍微透露了一点情节，就被骂得狗血喷头，那我为何在此明知故犯，屡教不改？

很简单，因为这本书根本不怕剧透。其实从前的经典都是不怕剧透的。《铡美案》怕剧透吗？《红楼梦》怕剧透吗？《战争与和平》怕剧透吗？真金不怕火炼，好书不怕剧透。一本恐惧剧透的书，肯定是一本底气不足的书，一个恐惧剧透的时代，就是一个底气不足的时代。

怎样才能不怕剧透呢?很简单,也很难,就是从头到尾都要有非常吸引人的细节。不要小看这个看上去是教科书上老生常谈的要求,它足以打出今天中国的大部分作家和“作家”的原形。不过这个话题我们暂且打住,还是来谈谈《山楂树之恋》的细节吧。简言之,这是我所看到的所有作品中,描写“文化大革命”期间普通人的爱情生活,最细腻、最平实、最真切的一部。在这之前,我会认为王小波是描写“文化大革命”爱情(或性)的第一高手。但是小波尽管在奇崛变态深刻方面无出其右,他描写的却是一种极端状态,而非常态。相比较而言,《山楂树之恋》描写的是“文化大革命”爱情的自然普遍状态,不但空前,相信也会绝后。因为有些东西,既永恒又有时效性,距离太近了写不好,距离太远又写不了。二〇〇八年冒出的这部作品,有偶然性,也有必然性,更有绝后性。

现在,当我已经快要把那个我经常饿肚子的年代忘个精光的时候,当我周游列国、人模狗样的时候,当我全机制霸、被数码武装到牙齿的时候,旧日的时光突然在无意间被唤醒,被激活,向我奔涌而来,水一样地把我浸透。我早已是声光化电的俘虏,各色新媒体的奴隶,我迷恋各种超大的屏幕,超高的分辨率,超保真的音响。可是我到头来突然发现,就记录一个时代的爱情而言,最高的保真度,还是来自最传统的、前现代的、lowfi(低保真)级别的文学。

文学,既腐朽又神奇的文学,化腐朽为神奇的文学,我有时候觉得已经把它看透,可是一下子又会彻底糊涂。比如令我激赏的男女主人公第一次见面,全是老套套,可是一下子就会揪住人的心。静秋还没有见到老三,先听到他的手风琴声,“有几个男声加入进来, 用中文唱着这首歌,似乎都是手里忙着别的事,嘴里漫不经心地唱着。但就是这样的漫不经心,时断时续,低声哼唱,使得那歌声特别动听”。我又有点明白了,这种漫不经心,也就是小说的节奏,小说的基调。

当然,还“有了一种只可意会,不可言传的感人气息,似乎各种感官都浸润在一种只能被称为小资产阶级情调的气氛中”。平实乏味吗?要知道那是一个神奇的时代,一切都要和今天倒着看。任何在今天觉得平淡的东西,在那时候必然散发奇异的光彩, 而一切在那时稀松平常的事物,在今天又往往会给人一种不可思议的感觉。也许这就是时光的意义?

据说全中国人都在为老三掩面哭泣，可是我也为静秋哭泣。静秋就是我少年时代的梦中情人，是我少年时代身边所有女孩子的所有美好特点的集大成者，是她们最优秀的代表。现在，我终于在多年之后，通过文字，穿过我当年的观察和推测、所有的渴望和隔阂，走进她们的内心。她傻气，聪明，纯真，善良，相当“左”，总是为老三的“右”担惊受怕，又要为自己的私心爱念不断忏悔，屡教屡犯。她文章写得好，字写得漂亮，出得一手好墙报，体育又非常好，还会做鞋，打得好毛线，差不多就是一个放之四海而皆准的完美女孩，看上去不像是真的。最夸张的是，她竟然在中学学习之余，到各种工地去打小工，挑沙、挖泥、扫粪来贴补家用。但我知道，她千真万确，真实无比。

更重要的，她漂亮啊，以我们最喜欢的那种方式。所以，我们理解老三，非常理解。所以，郎才女貌，女才郎貌，一见钟情是唯一的可能，一切都非常理想，非常精神，非常完美。但恰恰是这种理想化，配了特定的环境，一个物质非常局促的世界，一个极度不完美的时代，就远离了俗气。在比柏拉图还柏拉图的精神恋爱中，我们看见了因若隐若现而格外完美的肉体，看见因为极度压抑而格外欲火焚身的激情，也看见了把所有这一切精神和肉体的吸引全部加起来而产生的空前的温柔和彻骨的无奈。

我们为老三哭泣，为静秋哭泣，为我们自己哭泣，为我们从来没有拥有过的爱情哭泣，为我们即使拥有也注定会失去的爱情哭泣，也为文学突然给我们的启示哭泣。有一位非常有名的网友，曾经说过一句大有争议的名言，他说，奶是检验娘的唯一标准。

我说，泪是检验文学的唯一标准。

长安的城与面

二〇一六年的最后一天晚上,我从西安大唐西市博物馆出来,沿着劳动南路向南走。一路车水马龙,火树银花,流光璀璨。走到友谊西路交界的广场,西边是西安计量院大楼,西南是高新电子市场,南面“一品足轩”四个大字灿烂四射。东边“永明岐山臊子面”的招牌金光闪闪。此店东邻西北工业大学,所处位置在唐代叫光德坊,东北隅是京兆府公廨,旁边是慈悲寺。在两者之间,夹着一处不起眼的偏院,本是孙思邈的故宅,在马伯庸的《长安十二时辰》中,这里是唐代反恐最高指挥中心“靖安司”的总部。

由于一种奇妙的因缘,好友约我在西安跨年。三天时光,九顿面食,五户人家。作为一个面食的狂热爱好者,一个微博上毫无争议的“面帮帮主”,这次的西安之行,也是一次期待已久的寻面之旅。我惊奇地发现,我去过的每一家面馆,都坐落在马伯庸小说中爆炸性场景的边上。西安是一座伟大的城市,《长安十二时辰》是一部神奇的小说。我的目光穿越面汤上蒸腾的热气,穿越现实迷茫的雾霾,穿越盛世的灯火楼台,聚焦于另一个浩渺杳然的时空,书城相映,今昔合一,对两者的感觉都会被提升到一个不可思议的高度。

二〇一六年初，我在微博上读到马伯庸还在写作中的《长安十二时辰》的开头几章，一下子体会到从金庸武侠和刘慈欣《三体》以后久违的阅读快乐。不幸的是，从第八章以后，马亲王（“马亲王”是对马伯庸的昵称）突然停更了。在这个网文盛行的年代，好不容易有个可以追的文，断更是一件可怕的事。考虑到亲王曾经有过文章断更后再也没有更新的记录，更是令人忧心。于是我不断在微博上进行催更，然而好像没有什么效果。不久，我遇到一位从事影视制作的老同学，向他热情推荐了《长安十二时辰》，老同学很相信我的眼光，就托我向亲王传话，想购买影视改编权。亲王表示可以谈。最后不知为什么没有谈成，但是在这过程中，亲王把《长安十二时辰》的电子文档传给我，让我先睹为快！于是我成为这桩流产的交易中的最大赢家。

几年时光过去，根据小说改编的同名电视剧已成为口碑神剧，大火了。我看了几集，还是更喜欢原著。从文字到影像的转换中，有些滋味无可挽回地丢失了。哪怕是曹破延这样的小 Boss，在原作中具有非常强悍的生命力，但这种神采很难视觉化。原作的精华是用文字再现不朽的长安，令人神往，但是变成影视中常见的建筑后就出戏了，那种宏大悠远的感觉就消失了。不是说剧不好，拍得很用心，演得很用心，这是影视这种媒介本身的局限。人物的精气神和历史的韵味，在某种意义上是难以视觉化的，只能通过语言来传达，这是文学的荣光。

王安忆老师说过，她特别喜欢在巴黎的大街小巷漫步，即使是从来没有到过的地方，也有非常熟悉的感觉，因为那是福楼拜写过的圣路易岛，雨果倾心的圣母院，巴尔扎克笔下的蒙马特尔大街。一座城市，如果没有了故事，那它就是一些砖块、石头和钢筋、水泥。乔伊斯曾经骄傲地宣称，即使都柏林被一把大火烧个精光，也能凭他的《尤利西斯》还原重建。不朽的城市，需要不朽的文学。

那么问题就来了，我们的文学，与城市的关系又如何呢？是的，我们也有文以城贵、城以文荣的小说。我们首先想到的是老舍的北京，人力车穿过破旧的胡同。我们也会想起王安忆的上海，鸽子飞过迷宫样的弄堂。但是除了少数几位之外，还有多少作家在记录城市的历史，还原城市的地标，为城市的传说添加文学的砖瓦？一方面，中国现代文学的主要背景是广袤的乡村；另一方面，中国文学一直缺少一种忠实还原历史情境的现实主义传统。即使是都市题材，作家更关心的是人物的悲欢离合，却往往对他们活动的环境视而不见。这也难怪，近年来，摩天大楼以“中国速度”拔地而起，但这些速生型的都市森林，也确实不太值得在作家的笔下留下长久的印迹。

当然，我们还有另外一些都市，一些往昔的辉煌，一些遥远的记忆。历史题材在今天大热，多少线上线下作品打着历史的幌子，行宫斗言情之实，说到底不过是霸道总裁邪魅狂狷，“玛丽苏”娇喘逆袭的翻版而已。充斥这些作品的是“坑”，而不是历史的情境。我曾经遇到过一个学美术的年轻人，他说想把希腊神话画成漫画。我说这很好，但是需要对希腊的建筑、衣饰、器具下很大的功夫。年轻人说不用那么麻烦，他准备把里面的人物都画成裸体。画成裸体！年轻人啊，这么偷懒真的好吗？

这样说来，我在阅读《长安十二时辰》时的惊喜就很好理解了。这不是《尤利西斯》，但要从这本书来重建长安城，虽不够亦不远矣！这里我要先声明一下，我从“三国”系列起就是马亲王的粉丝。我爱他的情节奇崛，节奏轻快，妙思异想，冷幽恶趣。但是马亲王的三国作品，虽然骨骼清奇，但总觉得少了点肉，不够丰满。这些遗憾，到了《长安十二时辰》可以说大大弥补了。我可以毫不犹豫地断言:《长安十二时辰》是亲王迄今最成熟,最有血肉的作品。

当然,这不是《尤利西斯》,这是一部惊险类型小说。在不剧透的前提下,用一句最简单的话来概括就是:唐代鼎盛的开元年间,万民狂欢的上元灯节,有一个摧毁长安的惊天阴谋,只有十二个时辰来阻止它的发生,英雄能够拯救大唐吗? 毫无疑问,这不是真实的历史,这是美剧的设定……等一下,我们真能确定在所有可能的平行世界里,没有过这样一个唐代,这样一个危机吗?或者说,读者能够把自己代入这个完全虚构的空间吗?

可以的,可能的,可信的。假如你热爱真实的历史氛围,假如你热爱真实的长安,假如你喜欢建立在逻辑和细节上的脑洞,假如你拥有正常人的情怀,假如你喜欢过山车那样的快感,那么《长安十二时辰》就是为你量身打造的。这里有常见的套路:不可能的任务,无助的绝境,无尽的反转。英雄倒霉、倒霉再倒霉,boss 后面有 boss,boss 后面的 boss 的后面有 boss。这里有故事的嵌套,有中国小说中少有的复调叙事,还有从头到尾把人吊在空中的长程悬念。追车,武打,拷问,解谜,宫斗,谍战,爱情……

还有一个个真真假假的人物。张小敬的悍烈，李泌的冷傲，葛老的阴狠，岑参的憨萌，唐明皇的痴情……包括一些昙花一现的次要人物，也神采各异，生气灌注。比如开篇就出场的反派曹破延，作者写尽了他的冷酷凶残，也毫不吝啬地展示他的机智悍勇。非常的英雄，需要非常的对手，张小敬从一开始面对的就是一些了不起的敌人。这个敌人甚至像张小敬一样，也是一位亡命勇士，有他的末路，他的无奈。最后，我们甚至能看到他身上隐秘的一丝柔软，对他产生些许同情。类型小说能写好人物吗？在高速发展的情节中还来得及刻画性格吗？《长安十二时辰》给出了可喜的答案。

然而，最吸引我的，还是《长安十二时辰》中的长安城本身。毫无疑问，马亲王在复原古代长安的城市地理方面下了很大的功夫。在这里，每一个地名都是真实的，每一个位置都是尽可能准确的，每一条路线都是合理的。我们追随英雄的马车，驶过中国古代最繁华的都市，驶过中华文明最令人留恋的时光，体验那华盛到极致背后的危机。这是一次惊心动魄，令人伤感，还能让人有所警醒的历史怀旧之旅。

有这碗酒垫底，
什么样的酒我都能对付

我十来岁的时候，特别喜欢去我三姑妈家玩，因为那里有一些黄黄的书。她家规矩严，所有的书概不出借，所以我只能在那里翻看。其中最喜欢的一本，已经没有封面了，里面也缺张少页，也许这模样反而更加激发人的兴趣。有一段时间，我差不多每星期都会把那书翻一遍。从表哥那里得知，这本书是一个叫林汉达的人写的，名字叫《春秋故事》，说的是历史，讲的是故事。

后来就长大了，学的是文史，有些历史书当然是必看的。就在学习那些经典古籍的时候，总有一些似曾相识的感觉，某些段落更是备感熟悉，学起来也就格外得心应手。没错，那些都是林汉达先生曾经讲过的故事。而且我还发现一个规律，凡是有趣的故事，林先生多半都讲过。他没有写到的，多半就不那么好玩了。

后来也就知道林汉达先生是一位赫赫有名的教育家、文史学家、语言学家，还是一位大官，做过中华人民共和国的教育部副部长。就这么个海内外闻名的大学者，替孩子们写了大量的通俗历史读物，这样的人现在是没有啦。没错，如今各种历史以及“历史”读物多如牛毛，泛滥成灾，可是这些当中有多少适合我们的孩子看？

这是一个“大话”的年代，而“大话”的首要对象就是历史，虚虚实实，真真假假，迷幻气息和喜剧色彩非常浓厚。对此很多有识之士早已提出过批评。其实我本人口味比较杂，也比较重，无论是反说、戏说、歪说、恶搞，我都情有独钟，乐此不疲。但是一想到自己天真无邪的小孩也要去读这些七荤八素的玩意儿，立刻觉得头皮发麻，心里发慌。要知道，像我这样年龄的人不惧乃至热衷无厘头历史，实在是有深刻的历史根源的，因为我们一向被灌输的历史，过于坚硬，太刻板而无趣，拿些八卦来冲一冲，调和一下，有益于身心健康。更不用说我辈从小到大，风里来雨里走，冷的热的，酸的辣的，颠过来倒过去也不知道多少回了，无所谓啦。我们有接受无厘头历史的物质和精神基础，或者说抗药性，可我们的孩子呢？也要让他们最终变得像我们那样好坏不分、是非不辨、麻木不仁？

幸亏我们还有林汉达。也要感谢我的一位朋友，文汇出版社的陈飞雪，费尽心力把林汉达先生的那些绝版的少儿历史读物又挖了出来，比我小时候看的要全得多。我还记得几年前她和我说起这个设想的时候眼睛里的光亮。不仅仅是她个人，在我周围的朋友中，只要是年龄在三十岁以上的，很多人都不约而同地读过林汉达，他们在提到林汉达的时候都会有类似陈飞雪那样的兴奋。有的人甚至把对林汉达的热爱提升到一种偏执的程度。比如我常去某个论坛，在上面发表了一些重读《东周列国故事》的感想，对林汉达先生的语体风格稍微有一点点批评，立刻招致大家共同的口诛笔伐。这是一种童年记忆，但并不仅仅是童年记忆。

重读林汉达，我一面谢天谢地，庆幸我们的孩子又有好书看了。同时我自己也还是看得津津有味。他到底有什么诀窍，能够做到老少通吃？我首先佩服的是这些通俗历史读物品位的纯正。这是历史，是正史，不是说书，林先生绝不会东拉西扯，往现实上面生搬硬套，也不会故作幽默，乱放噱头。那不是林先生一代人的风格。“正”，曾经是中国人至高无上的文化和美学标准，但不知从何时起，“正”变成了嬉戏嘲弄的对象。在此我无意为“正”正名，我知道“正”之为负，大都咎由自取。但“正”真的是可以无穷解构，随意唾弃的吗？

更难得的是，林先生的“正”，不是板起面孔来说教，而是生动的讲述，行云流水般的风格。很多人都认为林先生的著作是最有趣的历史读物，这种趣味从何而来呢？来自历史本身！确实，还有比历史更好玩的东西吗？但发掘历史的趣味，林先生不依赖那些历史以外的东西，而是用自己的眼光、功夫、学识做精心的剪裁。这是智力活儿，也是气力活儿。这个难度太大，也累人，现在是没有多少聪明人愿意那么干了。当代作家余华新近提出要对生活进行“正面强攻”，也正是针对文学领域中趋易避难的时尚潮流而发的，领域不同，但意思差不多。我觉得林先生早就在对历史进行正面强攻了。

林先生的语言也很“正”，又很“靓”。很多人津津乐道于林先生的文字，那是最浅易的大白话，却足以让一代代的人久久回味。我觉得林先生的语言在简单之外，有着漂亮的节奏，美妙的韵律，朗朗上口，不知不觉就抓住了人。这一点在今天意义同样非同小可。我们的语言要么生硬刻板、八股僵化，要么支离破碎、千奇百怪，从过于规范到太不规范，一个极端走向另一个极端。在语言上我们有第三条路可走吗？请读林汉达。

也许这种文字风格与林先生语言学家的身份有关。我特别爱读一些语言学家的文章，像吕叔湘、王力、高名凯、陈原，都是真正的文字大家。他们都像林先生一样，越是深通语言，越是明白晓畅，平易近人。如果这里面有什么规律的话，也许我可以推断：越是对语言理解不深的人，越是会故弄玄虚，伪装深奥。

当然林先生的文字也不是完美无缺，今天我重读下来，觉得他的句式不够多样，这也是我在上面提到的那个论坛上对他的批评。但考虑到林先生作为一个南方人，努力用北京口语来适应更多的读者，能够做到这样的程度真的已经是很不容易了。

林先生的语言、语气、语调让他的讲述有一种现场感，拉近了我们与历史的距离，也使我相信并非只有“大话”才是今天讲述历史、抓住读者的唯一途径。中国的历史、文化、语言有太多的断裂，也许真的是我们多谈谈连续性的时候了。前面我说到自己其实也热爱断裂，但是这个断裂要有连续来做底子。有了连续才不怕断裂，知道正说才不怕戏说。怎么个连续法？比如，我们小时候看林汉达的书，我们长大了，就把林汉达的书买来给自己的孩子看，这不就续上了吗？就像我小时候熟悉的一出戏里所说的：“有这碗酒垫底，什么样的酒我都能对付。”

贫困中的丰富

小时候,家里有一只暗红色的旧箱子,我一直视为珍宝,因为里面装满了完全属于我自己的财产:连环画。我的收藏并不多,总共一百多本的样子,相比之下,崔永元可以让我们这些普通人家的小孩羡慕死:光是电影连环画,他就有一千本。不过,量虽说少了点,那份珍惜爱护的心是一点也不少的。记得每回拿出来看的时候,都会很自觉地去把手洗干净。我还有一个额外的癖好:经常把箱子里的东西取出来,一遍遍地重新整理排放,乐此不疲,仿佛一名军官不断让自己的士兵排练出操,以此保持一种高昂的军风和士气。

多少年过去了,这些连环画同我的宝贝箱子一道,都已经烟消云散。外面的世界也早已变成了卡通和动漫的天下,连环画这行当本身也早已好景不再。不过,某个东西一旦过时,就有可能成为怀旧的对象,也就有可能换一种方式火一把。眼下的“连环画热”,多半就是我们这把年纪的人追怀自己童年的一种方式。我常逛文庙和几大网上二手书市,吃惊地发现小时候视若天价(一毛,或十块水果糖)的连环画,如今又被炒到了新时代的天价。这年头,怀旧也是相当昂贵的呀。我对连环画的兴趣比较普通,难比那些烧得昏天黑地的“连友”，只零星地买了一些当年最喜爱的作品，如《东郭先生》《杨家将》《永不消逝的电波》等，稍微缅怀一下而已。

但是这一怀不要紧，在闲来随便翻翻的时候，常常会有爱不释手的感觉，而这种感觉并非仅仅出于忆昔和怀旧。如今的我，当然不太会关心那些故事什么的，却吃惊地重新发现了小时候根本不会注意的画面的精美，场景的细腻，线条的飘逸，人物的神采。原来这些一向被视作儿童读物的“小人书”当中有不少竟是真正的艺术精品。再考虑到它们出品在一个政治挂帅，桎梏甚多的年代，这里面的意义就更加耐人寻味了。于是也多留意了一下，才发现那时候的小人书，好多出自名公巨匠之手：贺友直，程十发，刘旦宅，戴敦邦……当真是大师云集，群星璀璨，难怪啊难怪。

最近读了黎鲁先生的《连坛回首录》，对当年连坛的甘苦和盛况有了更多的了解。黎先生是中华人民共和国连坛掌门级的人物，二十世纪三十年代的老党员，五十年代初任华东人民出版社连环画科科长、新美术出版社副社长、上海人民美术出版社副总编辑兼连编室主任。由这样一位中华人民共和国连环画的开拓者及诸多重大事件的决策者来回首往事,大大拉近了我们与历史的距离,是今日连坛难得的幸运。书中写到许多二十世纪五六十年代在连坛叱咤风云的人物,多为作者的朋友、同事和部下,写来细腻有形,真实可感。黎鲁先生本人为知名画家,在六七十岁的年龄骑自行车周游二十余省,出版《速写十五省》画集,故写人状物也目光独到,锐利生动。更惊人的是,书中所刻画的这些人物,一律配有作者在不同年代亲手绘制的肖像画,文画相映,仅此一点即价值无量了。

书中所写当年连坛的生态状况,今天读来令人感慨万千。比如当年上海人民美术出版社,旗下专业的连环画家竟有将近百人,号称一百零八将,这在世界美术出版史上恐怕也算是绝无仅有了。如此浩大的声势,折射出连环画这一样式在中华人民共和国艺术史上的尊崇地位。这里面当然有特殊的背景。书中提到毛泽东关于要成立专门的连环画出版社的指示。据说老人家特别喜欢看小人书,床边都放着人美版的《三国演义》。不过这应该放在一个更大的"五四"以来文艺通俗化的走向中去看,其中的文化脉络会凸现得更加清晰。

在学习中国当代艺术史的时候，我常常感到纳闷的一个问题是：为什么一些高质量的制作，恰恰产生于非常困难的年代，而到了春光明媚，百花齐放，形势一片大好的时候，它们却无可挽回地没落了？这里面到底有哪些机制在起作用？《连坛回首录》恰恰给我们提供了大量第一手的资料。比如，书中写到一九五四年，黎鲁先生因觉封面设计单调一律，下决心要向诸多非连环画专业的名家组稿，其中包括吴湖帆、刘海粟等，结果当然是无不从命，令人美的作品添色不少。这样的事情，恐怕也只有在计划经济和行政命令的时代才可能出现，今天连想都不用想。

碰巧，我刚读了上海电影译制厂老导演苏秀老师差不多同时问世的《我的配音生涯》。我发现，在同一年代，不同艺术领域的这些艺术家身上，有着惊人的相似。比如上译厂的老厂长陈叙一先生，同黎鲁先生一样，本身是学艺术的，又很早就参加革命，一九四九年后受命开拓，在深知艺术规律的基础上，网罗一大批专门的人才，对之精心爱护与培养，同时以献身革命与热爱艺术的双重激情投入工作，既获得巨大成绩，又饱受磨难，这种相似应该不是偶然，而是某种共同的命运。

上海连环画、上海译制片、上海美术片，或者还可以加上上海奶糖、上海饼干……它们都曾经是高质量、高水准的品牌象征：在它们兴旺的时节，有一种精气神儿支撑着它们，那就是精益求精、追求完美的上海精神，这精神又打造了这些极品尤物深刻的自信，并且回过头来强化了上海的城市自信。可是曾几何时，它们又都先后脚儿地衰落了，随之，上海和上海人也不那么自信了。那是在什么时候呢？它们还会回来吗？很难说啊。不过，好在这些书还在，它们无言地向孩子们展示着那个还没有走远的曾经，那贫困中的丰富、艰苦中的执着。

爱恨梁羽生

真正的武侠迷是绝不会把金庸、梁羽生相提并论的。可是说句公道话，梁羽生倒也有不少超过金庸的地方：下海比金庸早，作品比金庸多，作品中的诗词比金庸多，书名比金庸起得漂亮潇洒。特别是这最后一点，我于金庸是腹诽很多的，什么“鸳鸯刀”“碧血剑”，多俗气，简直叫人怀疑他的才情。而梁羽生就大不一样了。我最喜欢的书名（可不是书本身）是“七剑下天山”，这“下”字用得好，给人的印象是世外高侠神仙似的“翩翩而来下”，说不尽的风流，道不完的潇洒。当初我听说这书名，而未能见到此书之时，真是神往得不得了。及至找来一看，方知世上有许许多多的东西其实是为盛名所累。“七剑”之中只有凌未风有些神采，可惜活脱脱是个清代初年中国的牛虻。从开头少年凌未风吃刘郁芳的耳光受冤屈开始，到后来凌未风脸上的伤疤、韩总舵主这样的情敌、狱中对看守传播革命道理而至的感化、越狱的失败、最后的书信，无一不是对《牛虻》的生吞活剥。说实话，倘若不是我在“文化大革命”期间把《牛虻》连着看了七遍因而目光如炬的话，本人对《七剑下天山》的评价本来是要高得多的。

像“剑网尘丝”“冰河洗剑录”“鸣镝风云录”这样的名

字,很棒吧?可惜内容还不如《七剑下天山》哩。

这正是爱之深而责之切。我对梁氏的作品是有感情的。我接触的第一部新派武侠小说就是他的《白发魔女传》。那还是在一九七九年,大陆武侠狂潮新起之时。当时的江苏省文联主席到我家来玩,带来一沓名叫《南风》的广东小报,上头正在连载这部作品。我现在回首当年,把一生中给予我巨大冲击的事细细一排,这一事件当可排入前五名。由于缺乏新派武侠小说的阅读经验,竟把开头武当的那个姓耿的弟子误以为是绝顶高手而乱加佩服(后来才知道,开头出现的总是小角色),仅仅是因为他会一手霹雳连珠弹(一种最低档的暗器)。当看到"今晚陕南五股剧盗要齐集此地"时,头发都竖了起来,其实用后来的标准来看,所谓"剧盗"云云不过是些小土匪而已。待情节发展到宫廷内乱,卓一航"长身玉立",与大内高手比拼,使出武当七十二手连环剑的时候,我已坚实奠定了今生今世对武侠小说的热爱。至于几年后终于见到此书的足本,并且实在看不下去,那又是另一回事了。

紧接着,又在《风采》杂志一九八一年的第一期上看到了《萍踪侠影录》的第一回。里面最玄乎的是云蕾用满天桃花作暗器,击落飞舞的蝴蝶。于是绞尽脑汁去搞来《风采》的第二期,可上面没有再登下去。恶劣啊!《白发魔女传》也只看了个开头便不见下文,把人急得要发疯。那年头,在内地要弄到一部足本的武侠小说可不是容易的事。君不见《射雕英雄传》曾经被人为地拆成二十卷,再以每卷一元一天的高价出租。

时至今日,我仍然以为《萍踪侠影录》是一部杰作,而且是梁羽生浩瀚作品的两大高峰之一。(另一部杰作是《云海玉弓缘》)情节很棒,结构很紧凑,一点也不像他后来的那些作品那么松散拖沓。主人公张丹枫的名士派头也写得恰到好处,并不给人酸溜溜的感觉。当然,开头云蕾与张丹枫见面的那一段,张丹枫的佯狂稍微做作了一点,但是后面给云蕾讲故事的那一段就分明有些大手笔的味道了。评论家多认为梁羽生擅写名士型的侠客,我看也就是张丹枫写得好一些。像后来的《狂侠天骄魔女》中的“笑傲乾坤”华谷函这号人,假模假样的,面目可憎。

《云海玉弓缘》也是我极喜欢的。这部作品写情写得好,可算是一部成功的言情小说吧。我对厉胜男独特的表达感情的方式可说是激赏。她不惜一切代价也要把金世遗搞到手,这个代价是生命,她成功了。我们一开始肯定会讨厌她,可到最后却要为她掬一把泪。《云海玉弓缘》里的武功描写就不太灵光了,这是梁羽生的弱项。“天魔解体大法”还不错,可“毒雾金针烈焰弹”又是什么玩意儿呢?是手榴弹还是燃烧弹?第九重的“修罗阴煞功”也稀松得紧(后来的“龙象功”居然有十几重,真不像话)。而且梁羽生每部书中的武功往往雷同。仔细观察一下,不难发现其中出现频率最高的是“倒弯腰,斜插柳”(用来躲闪对方的进攻)、“大须弥掌”(当敌人比自己强大时,只要用此掌法,一定可以撑下去)、“大摔碑手”、“天山神芒”(一种暗赤色的极厉害的暗器)等等。

梁羽生写不出大高手的风范与气魄(这是武侠小说里最吸引人的东西),这倒罢了,他把读者也当傻瓜,老是跳出来一遍又一遍地向你解释那些大家都很明白的东西,譬如“梁子”“招子”“风紧扯乎”这类浅易的术语。最叫人倒胃口的还是他那贯穿所有作品的硕大无朋的江湖家族历史谱系。大侠们不光具有老鼠般旺盛的繁殖能力,本人也都很不容易死掉。此部作品的主角(如唐晓澜、唐经天之流)已经让你厌倦了,还会再蹿到下一部、再下一部、再再下一部中死乞白赖地过把瘾,直到把梁先生的作品同作者的忍耐力一道拖垮。

话是要说回来的,梁先生的作品是我的“初恋情人”,这种爱和恨是要带进坟墓的。我永远忘不了《白发魔女传》那个开头,以及梁先生大部分作品的开头。

在复旦读科幻

一

我在一九八二年进入复旦大学,成为中国语言文学系的一名学生。

在波涛汹涌的“新时期”文学史上,一九八二年是相对平淡的一年。以批判“文化大革命”为主旨的“伤痕文学”和“反思文学”正在逐渐退潮,更新一轮的“寻根文学”和先锋文学尚未大规模到来。“文化大革命”后大红大紫的中国科幻文学,则在一九八二年走到了命运转折的前夜。

二十世纪七十年代后期,我读中学,与周围不少同学一样,迷上了当时刚刚复苏的科幻小说。我们如饥似渴地读完了郑文光、童恩正、叶永烈这些作家几乎所有的作品。回想这其中的原因,那个年代最强势的时代话语,“向科学进军”,是一个非常重要的推动因素。但也不仅仅是科学。中学生还处在一个喜欢幻想的年龄,但那时文学的主流是回归现实主义,我们也没有今天唾手可得的网络奇幻和穿越小说,甚至连金庸和古龙的武侠小说都还刚刚开始在极少数的人群中流传,所以我们心中对超越现实的渴望,可以说只有一个寄托的形式,那就是科幻。

但是，对我来说，这种渴望，随着我走进复旦中文系，也来到了一个转折点。那时候的中文系的课程设置，把科幻完全排除在外，整个气氛让人觉得科幻乃旁门左道，能不能跻身文学的殿堂都是个问题。很巧，在中文系之外，一九八二年也正是掀起科幻究竟姓科还是姓文的大讨论的一年。今天我们都知道，一九八三年发生了一场中国科幻的大灾变，标志着“第二黄金期”的结束。人们通常把这归咎于清除“精神污染”和反对“资产阶级自由化”。那固然是明显的外部原因，但在这之前发生的科幻属性大讨论，其实已经为此进行了铺垫，并且指向其更为内在的原因。“第二黄金期”的兴起，迎合了“文化大革命”后的社会思潮和人们的心理需要，但科幻内部的建设非常仓促，作品粗糙。总的来说，科学界人士认为科幻缺乏科学性，而文学界人士又认为科幻缺乏文学性。钱学森就曾多次表示科幻是个坏东西。暴得大名的科幻基础薄弱，且身份未明，里外不是人，那自然是更容易被外部势力推倒。

对我来说，进了复旦中文系以后，也确实觉得以前的那些科幻作品看不下去了。记得我在大学里看的最后一篇中国科幻作品是童恩正的《世界上第一个机器人之死》，然后我个人的中国科幻"第一黄金期"也随之结束。但是我对非主流文学的兴趣仍在继续,我发现了金庸,我甚至在中文系阅览室里找到古龙的《陆小凤》。我想,我的许多同龄人,也是在充满幻想的武侠小说中延续我们曾经的科幻梦想吧。当年科幻热与武侠热此伏彼起,今天又此起彼伏,这其中的顺承关系,在中国不是偶然的。

但是,在复旦我也发现了一个科幻的新天地,那就是来自域外的科幻。感谢改革开放,我入学的时候,复旦图书馆和中文系阅览室的外文原版和港台中文图书已经部分向本科生开放。我就在图书馆大库借到了台湾翻译出版的阿西莫夫《银河帝国:基地》。这是黄海先生在照明出版社策划"照耀明日的书"系列中的一种,译者为张时先生。我到现在才知道,当时大陆周如枚女士(周培源的女儿,梁思成儿子梁从诫的前妻)已经把三部曲翻译好,一九八二年在《科幻世界——科学幻想作品选刊》上刊登过片段,可惜随后因为冰川期的到来而夭折。感谢台湾的科幻工作者,为一个更大视野下华文科幻的连续性,做出了可贵的贡献。在复旦图书馆大库,我还借到了张系国的《城》三部曲。一读之下,非常震撼:原来科幻小说还能这么写,原来科幻里的“中国性”还能这么呈现。当时一个强烈的感觉,就是这比大陆的科幻强多了。我后来遇到的一些大陆科幻作家,也对张系国的作品钦佩不已,这也是中文科幻交相呼应的一例吧。

在复旦的时候,我还读了一些大陆翻译的外国科幻作品,这些大都是在一九八三年以前出版的,印象特别深的有克拉克的《与拉玛相会》《天堂的喷泉》,还有王逢振编选的《魔鬼三角与 UFO》。后一本书在当时影响极大,王逢振也因此成名。他当年编译了不少西方科幻作品,功不可没。在中国科幻式微之后,王逢振又投身于另一个紧接着兴起的热潮,致力于西方现代文学理论的翻译介绍,而后者又呼应了中国先锋文学的崛起。有意思的是,这些随之而来的实验性的文学和理论, 也是致力于对现实的超越和颠覆,可以说是另一种色调的幻想在另一个文学空间的延续。

二

一九九一年,经过一些人生的折腾,我又考回复旦,师从贾植芳教授攻读中国现代文学博士,陈思和教授为副导师。重回复旦，我惊喜地发现，陈老师也在研究科幻！他写的《创意与可读性——试论台湾当代科幻与通俗文类的关系》于一九九二年在台湾出版，这是大陆第一篇研究台湾科幻文学的论文，在台湾学术界和科幻界也有长久的影响力，今天还经常被人引用。陈老师是研究中国现代文学的大家，他也特别关注边缘性的文学，致力于开拓挖掘主流文学中所缺少或被压抑的前卫元素与审美体验，科幻很早就进入他的视野也是顺理成章的事。陈老师开创新文学整体观和世界性因素的理论，在这样的架构中，国别文学、地区文学以及不同的文学形态都不是孤立的存在，它们之间的应和、补充与差异构成了文学的丰富性。

陈老师一九九〇年在台湾发表的《但开风气不为师——论台湾新世代小说在文学史上的意义》，把两岸的新世代小说进行比较，特别重视超验、科幻、后设小说的出现，以及实验小说与通俗小说的并举，认为这些都是对“五四”以来主流现实传统的重新调整。陈老师认为科幻是把人性置于宇宙星际系统中加以表现，其夸张手法、荒诞构思以及超凡想象既与实验性文学有相通之处，又比后者具有更多的可读性。超验与科幻都属畅销读物，这又调整了新文学长期以来纯文学与通俗文学相对峙的关系。陈老师在二十多年前的这些观点，在今天看来依然坚实有力，并得到此后文学发展的更多印证。

我当时沉迷于“文化大革命”后的先锋派文学，再加上那一阶段国内科幻创作的低迷，所以对科幻没有直接研究，但是受到陈老师文学整体观的影响，在博士论文中把科幻热、气功热视为先锋文学崛起的前奏。二十多年后，陈老师主编《新世纪小说大系》，宋明炜教授与我共同承担其中科幻卷的编选工作。我们在序里有一个说法，即像韩松这样的科幻作家，正处在从鲁迅到二十世纪八十年代的先锋文学这样的延长线上，当传统文学停止深度思考和超越性的探索时，科幻悄悄接手了先锋、思想和想象的旗帜。

三

二〇〇〇年，我从日本回到复旦工作，渐渐闻到一些新的气息，感觉到新的潮流的涌动，耳边也开始听到人们又在叽叽喳喳地说一些名字。我终于读到了一个叫作刘慈欣的人的作品，这是从我无意闯入《科幻世界》论坛开始的。我发现大家都在那里谈论一篇叫作《乡村教师》的作品,便忍不住找来看了。然后我对中国科幻的所有的悲观和怀疑仿佛在一瞬间烟消云散。一位微不足道的乡村教师的最后一点可悲的努力,被作者融入了一个在时间和空间上都极为壮阔的太空史诗。而这位教师的意义,也被发挥到了一个广袤的宇宙的尺度,可以说这样的尺度在普通的文学作品中是很难达到的。我迅速读完了刘慈欣的几乎全部作品,写了一篇《新希望》,发表在二〇〇三年一月《文汇报》的"笔会"专栏中。这篇文章的最后一句话是:"对刘慈欣,我们有大希望。"二〇〇四年我在哈佛做访问学者,在一次中国当代文学的讲座上,我介绍了《乡村教师》。即将从哈佛荣退的李欧梵教授为我点评,他说:这还是"五四"的启蒙主题嘛。

这以后科幻事件的速度就越来越快:《科幻世界》的热销,《三体》的出版,科幻新生代作家群的涌现,科幻读者群的扩大。二〇一〇年,陈思和老师与王德威老师主持召开"新世纪十年文学:现状与未来"国际研讨会。这个会筹办了三年,由复旦中文系与哈佛东亚系牵头,王安忆、莫言、苏童、余华等大牌作家云集,还有近百位重量级的海内外学者、批评家。出人意料的是,在这个可能是二十一世纪第一个十年中最重要的文学总结性大会中,最闪亮的是两位科幻作家:韩松和飞氘。我因为当时在加州大学戴维斯分校讲学,没能出席。听在场的明炜兄说:当这两位开口说话,整个会场的气氛都为之一变。但这不是偶然的。一方面,这两位深知肩负为中国科幻说话的使命,为了这一刻,在旅馆里深夜两点即起,掐着秒表,对演讲稿反复修改操练。更重要的是,命运多艰的中国科幻,已经脱胎换骨,光芒透壁而出。

另一种穿越

从前——故事都这么开头——有一个孩子，他失去了妈妈。

《失物之书》的第一句话打动了我。因为我曾经就是那样一个孩子，我们都会在某一天成为那个孩子。所以我深深地理解十二岁的戴维为挽回妈妈的生命所做的那些奇奇怪怪的努力：起床的时候，他总会让左脚先落地；刷牙的时候，他总是数到二十；浴室里的水龙头和门上的把手，他总是接触双数。他相信，只要他坚持这么干，妈妈就会活下来。

但是妈妈还是被癌症夺走了生命。从小到大，我们会失去很多东西，可是有比失去妈妈更大的痛苦吗？没有。不要说孩子小，不懂什么是悲伤。我们懂，比大人更懂，因为我们更敏感，更需要。

没有一个孩子会真的相信妈妈的离去。戴维想尽办法要抓住妈妈留下的一切痕迹。其中最重要的，就是妈妈留下的书，那些他们一起阅读，一起分享的世界。戴维沉浸其中，不能自拔，越陷越深。

让戴维更加痛苦的是他的父亲又有了新的女人，名叫罗斯，他们很快就结婚了，还让戴维很快就有了一个小弟弟。继母的疏离，庶嫡的争端，这是人类的故事吧，我们的戴维也不能免俗吧。他感到双重的抛弃，感到嫉妒，感到孤寂。这一切都发生在二战德军猛烈轰炸下的伦敦，一个恐惧、短缺而阴冷的年代。

这个开头，看上去像是关于孩子、家庭、战争与成长的现实主义小说，带着淡淡的忧伤和青涩的滋味，文笔相当不错。照这个路子走下去，无疑可以吸引一批读者，或怀旧，或唏嘘，或沉迷。

但是从这里开始，故事要走上另一条路了，一条非常可怕的道路。作为逃避和解脱，戴维沉浸在他的故事之间，与那些书的关系越来越密切。那些书籍仿佛获得了自己的生命，朝他发出各种各样的声音，向他发出难以抗拒的召唤。

终于有一天，现实与书本的藩篱冒出了一条裂缝，戴维看到妈妈的身影，听到她求救的哀鸣，他不顾一切地追随这个声音，穿过裂缝，进入了一个非常奇异、非常黑暗的另类世界。这世界有半人半狼肆虐，矮人不堪白雪公主的欺凌，变态女猎人肢解各种动物和人并将肢体进行重新组合的试验，更有名为“扭曲人”的终极大反派操控人类的阴谋。弱小无助的戴维能够战胜自己的恐惧和动摇，面对这个阴森狂暴的世界，最终找到回家的路吗？

穿越，这是现今中国多么响亮的核心词汇！从黄易的《寻秦记》开始，中国人终于找到了把自己现实中的梦想投射到一个另类空间的办法。到今天热火朝天的起点网去看看，起码有一半的网络小说在那里穿越。所有这些中国穿越小说的主人公，有点像这个戴维，在现实中卑小无力，人微言轻，可是突然一道闪光，他们就被传送到另一个时空，开启改变历史的旅程。

但是这里面有差别。中国式的穿越小说，小人物一旦回到过去，小宇宙多半可以爆发。要么统一秦时的天下，要么从金、元手中拯救可怜的宋朝，要么在甲午海战中把日本舰队打个落花流水。小人物本身呢？披蟒戴玉，封王列士自不用说，更不能少的是香衣鬓影，粉黛环绕，那叫一个爽！

再看看这个戴维，所有这些南柯一梦式的荣华富贵与他完全无缘，他所要做的只是在这个险恶的世界中很不容易地活下去，寻找自己的妈妈，也寻找回家的路。但是在这条艰难的路上，他会知道一些事情，学到一些东西，认识一些人，更重要的是，他会开始真正地了解自己，面对自己。

这就是传说中的成长。《失物之书》是一部真正意义上的青春小说、成长小说、教育小说。相比之下，我们的穿越小说表面上大起大伏，挖坑无数，骨子里却是静态的，人物从一开始就是完成时，缺血少肉，没有发展。即使是金庸这样的大师，他笔下那些出门远行的少年，翻越千山万水，尝尽人间冷暖，到最后提升的是力，圆满的是功，他们的内心，又何尝有一丝一毫的改变？

一九四九年，一个叫约瑟夫·坎贝尔的学者写了一本叫作《千面英雄》的书，透露了一个关于我们人类的巨大秘密：人类所有的文化现象背后都深藏着神秘的神话内核，而世上的宗教和神话都有共同的叙事模式，普天之下所有的故事都是同一个故事，这个故事的名字叫“英雄的冒险”：一开始的时候，英雄（这时还是个凡夫俗子或三尺童儿）在家里（日常世界中）发呆，然后使命就开始来召唤他了，于是出发上路，进入神秘迷人凶险可怕的异常世界，结识朋友，遭遇敌人，经受考验，获得知识、奥秘和超能力，最后功德圆满，载誉归来。

这故事听上去有点老套乏味，但是戏法人人会变，各有巧妙不同，真正能够运用之妙，存乎一心的又能有几个呢？看上去，《失物之书》的结构与《千面英雄》中的英雄冒险模式几乎如出一辙，丝丝入扣。作者康诺利也承认，他的这部作品中融汇了大量经典的童话元素，像《小红帽》《汉赛尔与格莱特》《白雪公主》《睡美人》和《灰姑娘》等等。但是经过作者的改造，这些温馨可爱的童话或荒诞滑稽，或面目狰狞，令人胆寒。

我们得知，美丽的小红帽看不上她身边所有的猥琐男，毅然孤身一人，深入森林，去追寻她心中的狼图腾。她看中的那匹狼，屡次想摆脱她（这样的女孩，连狼都避之唯恐不及啊），未果。他们生下了双足行走、半人半狼的怪物，具有狼的残忍和人的卑劣狡诈，施虐森林，横行天下。这样的故事，是否比汤潮那软绵绵的“当狼爱上羊”更契合我们的时代，更加直指人心？

还有白雪公主，“一位他所见过的最高大最肥硕的女士。她的脸蛋上覆盖着一层厚厚的白粉，头发是黑的，用艳色的棉发带束在脑后，嘴唇涂成了紫色”。这个白雪公主，同巴塞尔姆笔下那个倚窗独立，忧郁地想着自己的淋病的白雪公主有得一拼。但是不要忘了,《失物之书》是一本通俗的畅销小说,而巴塞尔姆的《白雪公主》,则通常被认为是所谓的纯文学。与巴塞尔姆笔下争风吃醋、谈论垃圾的七个小矮人相比,康诺利的小矮人充满强烈的阶级意识和反抗精神,他们不堪忍受白雪公主的压迫和欺凌,企图毒死这位有产阶级的超级肥婆。尽管他们杀气腾腾,面目狰狞,戴维还是忍不住喜欢上这些呆头呆脑、童真未泯的小矮人。他们无休止的争吵和搞笑的言论还很容易让中国的读者想到《笑傲江湖》中的桃谷六仙。没错,现在我们该明白了,格林兄弟的原版《白雪公主》,是这些中外矮人的真正祖先。

这是《大话西游》式的无厘头,《馒头》式的恶搞,还是后现代的戏拟?你觉得受不了了吗?想回到那纯洁无瑕的原作吗?恐怕已经不那么容易了,而事情的“原貌”也远比你想象的要复杂得多。在《睡美人》一六三六年最早的版本中,被灌下毒药的睡美人在毫无知觉中被王子强奸了,她继续在睡梦中生下一对双胞胎,可怜小宝宝吃不到奶,就拼命地吮妈妈的手指头,吮啊吮啊吮出了毒液,妈妈终于醒来,却被无耻的王子(还不知道她已经觉醒)再次强奸。

怎么样,你会更喜欢这个真正“古典”的版本吗?

现在我们终于可以谈谈“失落”这个词的真正含义了。戴维失落的不仅仅是他的妈妈,更是他的童真。他走进的与其说是他的虚妄的幻想,还不如说是一个真正的现实。与他一起掉落进奇异世界的德军轰炸机强烈地暗示了这一点。这是一个充满血腥、欺凌和虐杀的世界。这本书不是给胆小的人准备的,但未必“儿童不宜”。我们、他们,总有一天需要面对这一切。也许,早做准备,可以避免事到临头措手不及。

但“失落”绝不是堕落。《失物之书》也绝不是游戏人生,解构价值的后现代迷宫。在很大程度上,道德已经成为通俗文学坚守的遗产,这一点在本书中也表露无遗。戴维,这个敏感孤独的男孩,面对压倒性的暴力,无边的黑暗,潮水般的恐惧,难以抵挡的诱惑,他犯了过错,走了弯路,连累了他者,但是守住了底线,也守住了人性,最终得以直面自我,也直面恶的挑战,找到了回家之路。全书的大结局无比震撼,感人至深。

康诺利说,他这本书写的是孩子的恐惧、无助、忧伤和成长,他写着写着,就把自己的童年写进去了。那时候,他如饥似渴地阅读着各种童话和传说，这些故事帮助他度过了那些困难的阶段，到如今已经成为他的一部分，与他密不可分。

在《论文学》（中文版很恶搞地译成《文学死了吗？》）一书中，希利斯·米勒把文学称为“魔法”。一部文学作品就是一个能开启新世界的咒语。当戴维房间里的书向他窃窃私语之时，也就是文学的魔法开始向他绽放光芒的时刻。文学是虚幻的，可是这种虚幻，具有真实力量。《失物之书》，就是对这一力量的信念。

冷热足球心

我堪称一个非典型的老球迷，足球也曾令我热血沸腾，但几十年过去，心慢慢碎了，冷了，淡了，疲了。如此这般的心路历程应该非我独有，相信不少同龄人会有更多的理解。下面我翻出几个记忆中的镜头，聊表纪念，也召唤与我类似的半吊子老球迷。

某年某月某日某乡村小学，体育老师（知青，兼语文老师、政治老师、班主任）拿出一只皮球让我们朝两块砖头搭起的空当中踢。我今天已经无法确认该皮球是否真的是足球，但我对老师关于足球的一大通论述记得极为清晰。老师说，足球是世界上最大的体育运动，每四年有一个全球性比赛，但是我们中国不参加。为什么？因为外国人踢得太疯狂，太野蛮了，经常会踢死人的，所以他们的比赛场外总是要放一口棺材（老师原话，千真万确）。这就是我的足球启蒙教育和原初场景（primal scene），很刺激，很吓人，很血腥。

一九七几年夏天，我在江苏南通读中学，邻居送我一张票，是全国足球联赛江苏赛区南通赛场的比赛，四川队对湖北队。当时的全国联赛真的是遍洒全国，可不像后来那样只是大城市居民的特权。虽说南通这样的小城只能摊上两支乙级队,可我们也很知足了。当日天气暴热,但是能容纳上万人的南通体育场几乎坐满了人,有传言说,这两支乙级队中各有一名国脚。结果大部分比赛的时间,大家都在琢磨那两名国脚到底在什么位置上。我背后有一个貌似专家的看客不断在评球,他说得最多的一句话是:唉,踢得太细了,太细了。我估计“细”是一个贬义词。

一九八一年十月十八日,第十二届世界杯亚太区决赛,中国对科威特,开始与世界同步啦。通过十二英寸的黑白电视,全国人民第一次为中国队能否出线而忧心,这也是我个人看球史上最紧张的时刻。容志行(我心目中最伟大的中国球员,和我的足球启蒙老师一样,也是老知青)头球破门,让我第一次尝到当球迷的极乐。但是刚刚过去一分钟,科威特边锋在我们的禁区摔倒,拿到一个点球。折寿啊。在对方抬脚前,中国历史上最伟大的守门员李富胜往右边迈了一小步(假动作?),但是随后坚定地朝左边扑去,把全国人民送入了第二轮快乐的高潮。该场比赛我们以 3:0 获胜。但后来我们还是被新西兰对沙特阿拉伯神奇的 5:0 所葬送。这个无耻的 5:0 对天真纯洁的中国球迷的巨大心理创伤,直到本届世界杯意大利对新西兰的邻居澳大利亚的比赛的最后一分钟还在继续发作。做一个中国的球迷，开端就意味着结束，快乐是短暂的，痛苦是漫长的。

一九八二年七月五日，我参加高考前的两天，三战三胜的巴西与三战三平的意大利争夺进入在巴塞罗那举办的半决赛的名额。这是我第一次对一支非本国的球队产生感情，也是我第一次对一支非本国的球队产生仇恨。我开始知道，即使是在只不过是一场游戏的足球领域，天才、激情、浪漫、好看往往是失败的代名词，龟缩、保守、实利、偷鸡摸狗才是取胜之道。济科、苏格拉底、法尔考、儒尼奥尔、塞雷佐……哪一个在技术上会输给今天那个企鹅身材的巨星？可他们并不只顾自我表现，他们奔跑，拼抢，打出一波又一波精妙的配合，把足球艺术发挥到巅峰的状态。面对意大利史上最强的后卫和“钢门”佐夫，他们在两度落后的形势下以毫不慌乱、极有章法的激烈攻击两度扳平。事实上他们只要打平就可以出线，结果他们继续攻击，攻击，结果……

多年以后，在洛杉矶玫瑰碗体育场，巴西人终于对意大利人报了一球之仇。可这是怎样的一种复仇啊。一百二十分钟鸭蛋对鸭蛋，乌龟对王八，最后还要仰仗巴乔射失的一个点球。这还是我心目中的英雄吗?当时有文章说:巴西队终于“成熟”了。好吧,你成熟,我也成熟。我们拜拜了。

二○○六年六月,在心灰意冷地观看德国世界杯的同时,我看到了美国《大众科学》上的一篇文章,倒又重新激起了我对足球的热情和希望。文章说,德国的不来梅也正在举办另一种世界杯:机器人的足球世界杯。据乐观的估计,到二○五○年,机器人足球队就可以击败人类的足球队。没啥好说的,就等着这一天啦。

我与苹果

一九九〇的一天，我从南通坐长江客轮到上海。从十六铺码头刚下轮船，我就坐27路电车直奔华山路的《中学生电脑报》编辑部。今天的朋友，可能很难想象当年的电脑教育已经如此发达，竟然会有专门针对中学生的电脑媒体。你可能更难想象这与我，一个复旦大学中文系刚毕业一年的比较文学研究生又有什么关系？

在编辑部，一个看上去很郁闷的中年妇女，递给我一个本子。我贪恋地接过来，急不可待地看了起来。这是一份“中华学习机”的软件清单。所谓“中华学习机”，就是Apple II的克隆版，当年曾经是中小学机房的主角，其配置如下：64K内存，1M主频，外接360K软驱或磁带机，单色显示器或电视机。

挑了半天，我花了六十元买了一个名为“星空”的天文软件，装在一张360K的软盘上。另外我还买了一个名叫“城堡”的音乐软件。悲剧的是，我买了软件，却买不起电脑。哪怕是山寨的中华学习机，当时都要九百六十元，而我在南通教育学院的月工资是一百零五元。

回到南通教育学院，我直奔王老师的宿舍。他是管学校机房的，宿舍里有一台中华学习机。此行买来的软件，要到他那里蹭机才能看一眼。插入软盘，打开屏幕，犹如任天堂游戏机般的画面出现。不过，这里并没有妖怪，而是满天星斗。这个64K的软件，可以模拟从公元前到几千年后的星空。最惊人的是，把火星放大一百二十八倍后，竟然呈现了圆面。几十年后的今天，我这个天文爱好者收集了几乎所有平台上的所有天文软件，其图像之精细美丽与当年苹果机上的“星空”完全不可同日而语，但是那天在王老师宿舍里打开“星空”时的震撼，却再也没有了。

这就是苹果机和中华学习机的魅力。从一开始，它们就是面向家庭，面向大众，面向教育，寓教于乐，从娃娃抓起，老少通吃。当IBM PC和比尔·盖茨的微软开始走上舞台的时候，苹果机上已经有了上万个学习教育软件。

一九九一年，我再次从南通到上海，这次是持币而来，为了购买中华学习机的增强版。新机内存扩展到128K，真正吸引我的，是内置了四声道的电子合成器，可以用来作曲。但再次悲剧的是，我跑遍上海，也没有看到一台这个增强版。我甚至闯进了铜仁路的上海计算机厂，当时的总工程师潘先生接待了我，畅谈多时。他设计了名为“东海小博士”的IBM PC克隆机，内存256K，一个软驱，单显，无硬盘,要价三千元。这个硬件明显超过了中华学习机,但是我最终还是没有买,因为当时 PC 机上基本没有什么学习教育软件。

我和苹果机、中华学习机始终只有在别人那里亲密接触的缘分,但是我从那时起就知道了乔布斯和沃兹尼亚克在车库里发明苹果机的故事。记得当时的想法是:家里有一间车库是多么重要啊。也可能正是这个原因,我后来在买房的时候,特意挑选了有车库的,尽管到现在我还没有自己的车。

再往后,我加入了 IBM PC 的阵营,就像此后大部分中国电脑用户一样。青涩的苹果机和中华学习机逐渐被人遗忘,而苹果公司后续的麦金塔电脑虽然令人馋涎,价格却高高在上,只能远远眺望。我们在 PC 上敲着键盘,死记硬背刻板的 DOS 指令,面对着清教徒风格的操作系统界面,怀念着快乐的苹果机/中华学习机时代,畅想着可望而不可即的麦金塔电脑……这是很多过来人的共同感受吧。

但是且慢,现代人的缘分真是奇妙得很,错过了就未必不能重新捡起。许多年后,我陆续有了自己的 iPod、iPhone、iPad……用一句俗话说,我又相信爱情了。我有时候会想:很多人发疯似的追逐苹果最新产品,这与当年迷恋苹果机或中华学习机,有因果关系吗?我相信是有的。从苹果机、中华学习机到 iPad,变换的是外形和功能,不变的是时尚与趣味,还有人性。

我也常常会想,假如没有乔布斯,我们的生活会怎样?我们可能还在用字符界面的 DOS,鼠标是昂贵而奢侈的外设。我们还在用傻大方厚的创新 MP3,我们还在用诺基亚坚不可摧的直板手机砸核桃,我们还在忍受微软平台 UMPC 平板电脑荒诞的价格和令人绝望的（不可）操控感。

据说历史不容假设。有人说,即使没有乔布斯,也会有赵布斯、钱布斯、孙布斯,没有苹果公司,也会有梨子公司、李子公司、荔枝公司。但是既然现在出现的是乔布斯和苹果公司,那么我们还是要感谢他们,尤其是要感谢他们留给我们的记忆。

永远的《银河飞将》

一

一九九一年十月的一天，我用一只巨大的草绿色军用背囊把一台二八六电脑从南京背回了上海。当时上海的观念还比较落后，根本就没有家用电脑这一说，价钱比南京贵得多。我的这一台电脑配置如下：1M 内存，两个 1.2M 的软驱，无硬盘，黑白显示器，速度是 12MHZ。这种配置用今天的眼光来看当然是太原始了，可是在当年的复旦南区简直是件了不得的宝贝，来参观的人络绎不绝。我甚至还做了个规定：所有想上机动动手脚的人必须先去盥洗室把手洗干净。

我买电脑的主要动机，是想用电脑来搞作曲实验，可是当时几乎所有电脑发出的声音都是极为机器化的正弦方波，毫无人性可言。好不容易在 *Byte* 杂志里查到有一种东西叫声卡，可以让电脑发出美妙的声音，可是跑遍了整个上海的电脑商店，居然没有一个销售人员听说过“声卡”这个词。满怀沮丧和渴望，我根据《软件报》中缝交友栏提供的地址向全国各地的电脑爱好者们发出了三十几封信，他们几乎全部给我回了信，可是只有一位新疆的杨鲁新先生听说过声卡,他还告诉我广州市法政路六十五号的“广大电脑”卖这玩意儿。

这以后发生的事情就是一种宿命了。简言之,我立刻带上一生的积蓄,坐火车南下广州,在一个河边的小巷子里找到了“广大电脑”,花一千五百块钱买了一块声卡(在今天,三十块钱可以搞定一块好得多的)。当时店里有个很善相的中年胖子正在起劲地往电脑上装什么软件,等我要离开的时候,那个软件也正好装完,开始运行,我的两脚也就再也挪不动啦。屏幕上出现了无比壮丽的太空,镜头切入一只巨大的飞船内部,两个气度非凡、衣着华贵、浑身长毛的猫脸外星生物正在谈论人类的命运,显然他们与人类正处在交战状态。两个外星大佬(我后来才知道那是基拉西皇帝和他的皇孙)谈论人类的语气很是不屑,可是说到一个叫“虎之心”的人类飞行员(我后来才知道,那就是我!)的时候,突然变作敬畏的语气。可是他们突然又放心了,因为根据情报,那个“虎之心”已经被愚蠢的人类军方解除了职务。然后就是惊天动地的太空战斗,炮火连天,弹痕满舱,通讯耳机中各种喧嚣不断,有上级的命令、僚机的警示、同伴的呼救、敌人的挑衅,更有双方含恨死去的哀鸣。可怜我一辈子也没见过这么华美而又惊心动魄的场面，只有站在那儿发呆的份儿。

中年胖子告诉我这是国外刚出的《银河飞将》二代，劝我“来一套”，他说在国外买声卡的人必买这套游戏，买这套游戏的人必买声卡。一张低密盘“广大电脑”算五块钱，这套游戏算二十二张低密盘的容量，价钱只抵国外的十分之一。可是我当时已经快要连买车票的钱都没有了，只好带着刚刚奠定的对电脑游戏的热爱含恨而去。回到上海后，我就开始到处搜罗游戏，首先当然是《银河飞将》。这事难度很大，因为当时国内不要说盗版游戏，连正版游戏都没有，最大的来源恐怕就是大学里的机房了。而机房又数计算机系和电子工程系最大最好。于是我用各种办法结交这两个系的人，居然认识了一大批那里的研究生和教师，手上也开始积累起一些当时流行的游戏，像《波斯王子》《氙星异形》《决战中国海》什么的，可是那个朝思暮想的《银河飞将》却始终不见踪影。

又过了些日子，同宿舍楼的学友巫志南被我拉下水，斥巨资买了一台有彩显和硬盘的二八六，和我一样成了中文系的游戏先驱，大大地扩展了我们可玩的范围。我为了方便玩游戏,索性搬去他的房间和他同住。有一天下午,一个电工系的研究生跑到我们房间神秘兮兮地说:《银河飞将》就要来啦。过一会儿,另一个电工系的研究生跑来激动地通知:《银河飞将》就在路上。再过一会儿,一个瘦瘦而很有神气的人拎着一大包软盘出现在我们房间,当然,这个叫黄骁虎的电工系研究生立刻就成了我终生的亲密战友。

不用多说了,立刻就安装。这个 Origin 公司出品的《银河飞将》果然不负我的期待,有着史诗般的架构和宏大气势。人类和外星系的基拉西帝国展开了漫长的战争。一开始,“我”虽然是人类联邦的王牌飞行员,可是自己的母舰“虎爪号”被摧毁,上峰认为我难辞其咎,甚至有间谍嫌疑,因此把我从第一线的上校贬为后方一个后勤空间站的少尉。一个偶然的机会,我帮助了一艘遭基拉西战斗机追击的我方母舰“协和号”,发现女舰长安吉尔就是我当年的同僚。我因此被安吉尔转调到“协和号”工作,可是周围的人都对我饱含敌意和醋意, 只有安吉尔一如往日般信任我。更糟糕的是,“协和号”上不断出现破坏和泄密事件,我当然是头号嫌疑对象,我只能在逆境中埋头苦干,执行一个比一个艰巨的任务, 用自己的勇敢来证明自己的清白,并揭露潜伏的间谍,给基拉西帝国以致命的打击。

《银河飞将》已经成为改变世界游戏史的经典了,在当时就被称为是第一个具有电影般的视觉效果的游戏。我驾驶飞船在太空中所要干的,绝不仅仅是盲目地见敌人就开炮而已,而是有各式各样的复杂任务,有巡逻、侦察、扫雷、护航、截击、救援等等,每次战斗任务执行的不同结果,都会影响到整个情节的分支走向(体现在所谓的"过关电影动画"上)。而我的队友和同僚也是各具性格,有一天到晚狂追女人,战斗中只顾自己逞能杀敌,不掩护配合我的花花公子"狂人";有原来是基拉西人,后弃暗投明的"霍布斯";还有危急中像邓世昌一样朝敌人母舰撞过去,和敌人同归于尽的活泼可爱的年轻女飞行员"精灵"。整部游戏更贯穿了"我"和安吉尔的爱情主线,情节很是曲折动人。

这个游戏直到最后才抖出谁是敌人的间谍这个包袱,可是我在玩到一半的时候,已经猜到他是谁了。为了证实这一点,我曾经想过一个损招,即试着在我俩一起执行任务的时候朝他开火,看看能不能把他击毙,如果他真是间谍的话,这个游戏的设计肯定不会让他在一半的时候消失。不过这样做也实在太变态了,我总算没有那样丧心病狂。

到后来任务越来越难，我总是出师未捷身先死，这样就看不到后面的情节发展了，很着急。好在骁虎是个绝顶的电脑高手，他用一个叫 Gamebuster 的软件把我的飞船的外壳损坏值锁定，这样我就怎么也不会被人打死了。黄骁虎属于玩家中的“修改派”，难听一点叫“作弊派”，一上手就想看大结局，直奔目的不管手段。骁虎说，他玩游戏，一玩开头，必须玩到底，而且还一定要在一天之内玩到底，因为性子急，游戏太多，学业也很繁重。他改起游戏来，手段高强，工具繁多，人命、弹药、装甲、时间……什么都能改。有一回他玩台湾精讯出的《侠客英雄传三》，主角必须赶去四川，可是被困在湖南境内的迷宫里，怎么也走不过去。骁虎不耐烦起来，又祭起修改大法，找出了主角的坐标，把他的位置硬是从湖南改到了四川。当然我也见过一些死也不肯修改游戏的唯美派玩家。二十世纪八十年代我们在任天堂红白机上玩著名的《魂斗罗》的时候，一开始会给三条命，可光用三条命来过那八大关实在是太难了，我们一般总会用密码调出三十条命。可是竟有人只愿意用一条命来过关，只要被敌人打死一次，立刻按 reset 键重来，真是追求完美呀。

二

骁虎的实验室在复旦的净化楼，在全盛时期，那里机器配置豪华，高手云集，到了晚上简直就成了一片欢乐的海洋，常常是灯火彻夜通明，机炮之声不绝于耳。该实验室在当年的上海滩的玩家群里大名鼎鼎，经常有校外各路人马带着他们的磁盘来和我们接头或切磋交流。那时我们游戏的主要来源就是交换。骁虎和我也会拎着磁盘到各大高校转悠。有一次我们甚至坐上了火车，冒着大雨，到浙江大学去找玩友交换游戏。就这样，虽然没有盗版光盘，没有国内代理商，没有互联网，可我们还是几乎玩遍了当时几乎所有的著名游戏。

那时玩过的一些非常精彩的游戏，到今天还十分难忘。记得玩 Microprose 公司出的《文明》(*Civilization*)的时候，一开始游戏让我选择做世界各大文明之一的创始人，然后竭尽心力去发展文明。内政、外交、军事、工农业、经济，甚至还有一项不太光彩的“间谍”，这一切过去只有历史伟人才能担当的职责竟然落到我的头上了。从“钻木取火”开始，到建城墙以后，税率以百分之多少为好呢？是先建城市下水道呢，还是先建法庭？人民对我的支持率下降了怎么办？一个有用的办法是赶快修建神庙！当拿破仑指挥大军杀过来时，是战还是和？有一点是肯定的，倘若穷兵黩武，一味好战，则必定内库空虚，民怨沸腾，这时就是造多少神庙也不顶事，下场大大不妙。有一段时间，几乎净化楼的每一个研究生都在钻研通向终极文明的最佳途径，看得我心惊肉跳，忍不住要想：我们中国人那个“皇帝轮流做，明年到我家”的千秋大梦，在数码时代是不是更容易做下去？

有一个叫《黑暗之虫》(*Dark Seed*)的恐怖冒险游戏给过我很大的震动。这个游戏是在有名的电影《异形》的艺术设计者盖格(Giger)的指导下完成，完全继承了盖格的那种诡异奇幻的画风。玩家扮演一个叫迈克·道森的小镇居民，本来过着平淡无奇的日子，可自从搬进一幢旧屋子以后，每天都头痛和做噩梦。一个偶然的机会，迈克在他家底下发现了一个可怕的“黑暗世界”，更可怕的是，这个黑暗世界就是他所生活的“正常世界”的一个邪恶而妖气十足的镜像。正常世界中的一切，包括他自己，在黑暗世界中都有对应物，两个世界中的人和物相互影响感应，互为因果。

比如切断了黑暗世界中某一处的电源，再回到正常世界中，就会发现那对应之处的电源也被切断。而从黑暗世界中回来后，再看正常世界中的那些邻居、警察、图书馆馆员，想到他们那些黑暗的原型，即使是在光天化日之下也会令人不寒而栗。后来的一些恐怖游戏，像《生化危机》什么的，主要靠牛头马面和无头尸首什么的来吓唬人，几近下三烂的勾当。可是《黑暗之虫》中的恐惧不是来自实体，而是来自无形之物，来自对那种无所不在的邪恶的“本我”的意识。

《黑暗之虫》够深入人性，够原罪，够黑暗的了吧？可是还有更刺激，更具“深度”的游戏。科幻小说家哈兰·艾利森（Harlan Ellison）的名作《无声狂啸》（*I Have No Mouth and I Must Scream*）被作者亲自改编成游戏。《无声狂啸》讲到未来世界的所有一切都被一台名为AM的无限仇恨人类的超级电脑所彻底摧毁，但AM故意残忍地留下了五个活口，还让他们获得永生的能力，作为它在未来的岁月中对人类进行摧残报复的手段。这五个人是AM精心挑选的，每个人都带着他们自己独特的恶和心灵创伤，AM每日都不断地刺激他们的创伤，催发他们对自己的憎恶，让他们活在一种生不如死的状态之中。游戏里玩家轮流地扮演这五个不幸的恶人,游戏的最终目的,就是要让这五个人能够最终死去,并在通向死亡的艰难历程中达到某种意义上的灵魂拯救。这个人类自己制造出来的AM当然也可以看成是人类的一个黑暗的本我的象征,在这个巨大的异己化了的本我面前,一切都是宿命,最好的解脱就是死亡。这样沉重的游戏是不是背离了游戏本身的宗旨?它会给玩家带来欢乐吗?

一九九四年,《银河飞将三》打着“交互式电影”的旗号出笼了,这是游戏史上第一部在好莱坞拍摄制作的作品,里头汇集了好些不大不小的电影明星。人类在与外星侵略者基拉西的斗争中节节败退,总部把银河飞将布莱尔上校——也就是你,也就是我,也就是马克·汉密尔(影片《星球大战》中主角巡天者卢克的扮演者),派到了前线。游戏在一片悲壮和失败的气氛中展开,布莱尔的恋人安吉尔上校在执行秘密任务时不幸被俘,在基拉西的宫殿里宁死不屈,怒斥顽敌,英勇牺牲。布莱尔承担了运送人类联邦赖以扭转战局的超级秘密武器的任务,不幸又因内部间谍的泄密而告失败。就在这时,帕拉丁将军(莱斯戴维斯,《印第安纳琼斯》里萨拉的扮演者）来到布莱尔所在的母舰，向布莱尔亮出了人类联邦的最后一张王牌：基拉西人的家园基拉（相当于人类的地球）地质结构极不稳定，联邦间谍已经探明其致命的薄弱环节，对准它发射高能核弹即可导致毁灭性的连锁反应。这一深入基拉西腹地的艰巨任务理所当然地落到了主人公身上。帕拉丁对布莱尔说：

安吉尔牺牲了，但她的事业永存！

每当我听到这句话，总是要忍不住热泪盈眶。你也许会奇怪，这句老掉牙的豪言壮语有什么稀奇？不错，这话在我们这些上了年纪的中国玩家耳里实在是听得滚瓜烂熟。但是，如果安吉尔曾在《银河飞将一》中做你的同僚，替你挡住了无数飞向你的炮火；如果安吉尔在《银河飞将二》中作为母舰的舰长收留了你这个当时被许多人视为叛徒的人，并不顾一切地爱上了你；特别是，如果你现在才知道在《银河飞将三》中安吉尔之所以牺牲，正是为了先行深入到基拉西领土，在沿路为布莱尔将来的漫长航程布下隐藏的弹药和飞船；如果在这个终极的艰难任务中，你能够一路上捡起安吉尔用她的生命埋下的伏笔，经过浴血奋战完成了安吉尔的期待；那么，你一定不会认为我是矫情，一定能够以独特的游戏的方式更好地理解“事业永存”这句话的史无前例的含义。

三

《银河飞将》从一代到三代，一代比一代精彩。渴盼下一代《银河飞将》的出现，已经变成了我生活中的一个重大的期待。我还清楚记得当年得知一个朋友从香港带回来《银河飞将三》时的狂喜心情。我从第一天晚上玩起，一直玩到第三天的下午，终于单枪匹马战胜了强大的基拉西帝国。我万分留恋地从游戏里出来，两腿松软地走出宿舍门，心还留在那个遥远的外太空。我两眼模糊而又漠然地朝四周看看，感觉周围的一切竟是如此陌生，连太阳的颜色也和以前大不一般。这也难怪，刚刚从浩瀚的银河和遥远的未来拯救人类归来，对身边卑琐庸鄙的芸芸众生当然不会觉得有趣。

后来市面上开始出现盗版光盘，接着是正版光盘，我们再也不用满世界晃悠去和人换盘了，中国的游戏市场终于跟上了全球化的步伐。骁虎也凭借着他从修改游戏中练就的惊人技艺成为某著名跨国公司网络部的高级技术主管。可是，就像人世间的一切事物一样，《银河飞将》从三代以后就盛极而衰，一蟹不如一蟹了。从最早的《银河飞将》到现在，电脑游戏的面貌可以说是发生了翻天覆地的变化，我的电脑也只好跟着不断升级。现在市场上什么奔腾四呀，环绕立体声呀，顶级 3D 卡呀，如果不是为了玩那些巨耗资源的顶尖游戏，又有什么意义？凭借着昂贵的硬件配置，今天的《银河飞将五》精美绝伦的真彩 3D 图像，和我在“广大电脑”看到的《银河飞将二》的粗糙色块比一比，简直就是天和地的区别，可是情节呢？人物的性格呢？游戏的内涵呢？在今天，游戏发展的大趋势就是拼命追求图像和声音的精美和逼真，再加上暴力指数的不断上涨，而文字对话的成分则被不断挤压到最低的限度。

就拿 Origin 公司的另一史诗性的大作《创世纪》（*Ultima*）系列来说吧。我当年玩《创世纪七》，看到里面的人物嘴巴里冒出来的全是“thou”“shalt”“hath”那样的中古词汇，简直不敢相信世上还有讲莎士比亚式英语的电脑游戏!《创世纪》系列讲述幻想中的远古不列颠大地上人神魔之间的争斗。这个游戏史无前例地引入了“美德”的概念:主人公在成为“圣者”的途中,绝不能靠野蛮的暴力和血腥的屠杀,而是要通过“宽恕”“慈悲”“怜悯”“沉思”等行为来提高你的精神指数。比如,你在冒险途中找到一只别人遗失的箱子,倘若你强压住自己的贪欲心,不把那箱子打开来掳掠一番的话,你的“诚实”指数就会提高。如果在村子里送给老叫花子一块面包,你的“怜悯”指数就会上升。可是从《创世纪八》开始,杀戮的戾气大盛,美德的概念不见了,却多了一大堆不断扑上来咬你的怪物,你想要成功,只有大开杀戒。

在最早的《魂斗罗》的时代,电脑游戏给人的形象就是一个男性超级英雄挺着一杆弗洛伊德式的大枪一路喷射子弹(或火焰)。随着《创世纪》这样的角色扮演(RPG)和冒险(adventure)游戏的兴起,电脑游戏被软化和深度化了,获得了越来越多的“艺术”成分。在我头一回看到《创世纪》的时候,我心里暗想:老天,这搞不好会取代我们文学哩。这份担心刚刚冒头,新一代的《魂斗罗》以更加炫目刺激的声光色相重新杀了回来。如今以《雷神之锤》为代表的第一人称射击游戏(FPS)比老一代的《魂斗罗》更为粗暴血腥;而在以《命令与征服》为代表的即时战略(RTS)游戏里,语言和人物性格刻画几乎毫无用武之地。

江河日下的《银河飞将》和《创世纪》就要淡出江湖了,只剩下一批怀念它们的黄金时代的旧玩友。这听上去多少有些匪夷所思,想想这些游戏总共才诞生了几年?具有讽刺意味的是,在电脑游戏这个最新最时髦的文化空间里,怀旧的情绪反倒来得特别快,因为游戏新老交替的周期实在是太短了。作为一个中文系的人,在我沉迷《银河飞将》的日子里,眼看电脑游戏一边提升自己的品位,一边毫不客气地迅速抢夺着文学艺术的地盘,那劲头好像比当年的电影电视还要来得猛烈,着实令我为文学和自己的命运捏一把汗——也未尝没有点幸灾乐祸的意思。那么,在电脑游戏似乎又开始与艺术渐行渐远的今天,难道就可以为自己的老本行松一口气了吗?